Über dieses Buch

Der Titel klingt heiter und wie eine bloße Variante des Kinderliedes ›Wer hat Angst vor dem bösen Wolf?‹ Aber hinter dieser scheinbaren Harmlosigkeit verbirgt sich das Chaos menschlicher Beziehungen. Schauplatz des Dramas ist eine Wohnung, in der sich zwei Ehepaare nach einer Party treffen. Man vertreibt sich die Zeit mit Gesellschaftsspielen, die zum Anlaß der Selbstentblößung werden. Albee geht es dabei um die Aufdeckung menschlicher Illusionen. Er zeichnet mit ebensoviel Wehmut wie Ironie, zugleich messerscharf und doch mitfühlend das Bild des Menschen, dem offenbar alles zum ›Glücklichsein‹ zur Verfügung steht und der doch nur um so hoffnungsloser allein ist. Carson McCullers schrieb über das von der Kritik als großes leidenschaftliches Theater gefeierte Stück: »Es hat die Leidensgröße eines griechischen Dramas, wildesten Humor und düsteren Glanz.«

Edward Albee

Wer hat Angst vor Virginia Woolf ...?

Ein Stück in drei Akten

Übersetzt von Pinkas Braun

FISCHER BÜCHEREI

Titel der Originalausgabe: Who's afraid of Virginia Woolf.

In der Fischer Bücherei

1.–22. Tausend: September 1963

23.–34. Tausend: Juli 1964

Umschlaggestaltung unter Verwendung eines Fotos der New Yorker Uraufführung 1962 mit Uta Hagen. Foto: Howard Atlee, New York

Fischer Bücherei KG, Frankfurt am Main und Hamburg

Lizenzausgabe des S. Fischer Verlages, Frankfurt am Main

Gesamtherstellung: Hanseatische Druckanstalt GmbH, Hamburg

Printed in Germany

Szenenverzeichnis

ERSTER AKT

Gesellschaftsspiele

ZWEITER AKT

Walpurgisnacht

DRITTER AKT

Die Austreibung

PERSONEN

MARTHA, *eine große, temperamentvolle Frau, die jünger aussieht, als sie ist. Sie ist vollschlank, aber nicht dick.*

GEORGE, *ihr Mann. Schütteres Haar, das graue Spuren aufweist.*

PUTZI, *26, ein kleines, blondes Mädchen, schmal, ohne weibliche Rundungen.*

NICK, *30, ihr Mann. Blond, gut gebaut, gut aussehend.*

D i e D e k o r a t i o n: *Ein Wohnzimmer. Rechts hinten die Haustür, die direkt ins Freie führt. Links hinten, diagonal zur Bühne, ein Türbogen zur Halle und dem übrigen Teil des Hauses. In der hinteren Wand vielleicht ein Fenster; an derselben Wand hängt ein abstraktes Bild über einem Sofa. Zwei bequeme Sessel stehen sich gegenüber, diagonal zum Zuschauerraum. Lampen, kleine Tische, vielleicht ein Schreibtisch. Der ganze Raum wird von einer fahrbaren Bar beherrscht. Über der Haustür, rechts hinten, hängen Türglocken.*

ERSTER AKT

Die Bühne ist dunkel. Draußen poltert jemand gegen die Haustür. Marthas Gelächter wird hörbar, die Haustür wird geöffnet, Licht wird angezündet, Martha tritt ins Wohnzimmer. George folgt ihr.

MARTHA: Du heiliger Strohsack . . .!

GEORGE: Pscht . . .!

MARTHA: Ach, du lieber Gott . . .

GEORGE: Um Himmels willen, Martha, es ist zwei Uhr früh . . .

MARTHA: Oh, George!

GEORGE: Es tut mir leid, Martha, aber . . .

MARTHA: Du bist eine alte Gouvernante! Eine gluckernde, alte Henne bist du!

GEORGE: Es ist spät, verstehst du nicht? Spät!

MARTHA *schaut sich im Raum um. Theatralisch*: »Welch eine Bruchbude«! Du, wo kommt das vor: »Welch eine Bruchbude«?

GEORGE: Wie soll ich das wissen . . .?

MARTHA: Denk 'n bißchen nach! Wo kommt's vor? Du weißt es sicher . . .?!

GEORGE: . . . Martha . . .

MARTHA: Wo kommt es vor, Herrgottnochmal?!

GEORGE *müde*: Wo kommt was vor?

Martha: Ich hab's eben gesagt, in dieser Sekunde. Ich hab's dir vorgespielt: »Welch eine Bruchbude«! Na? Wo kommt's vor?

George: Ich hab' nicht die leiseste Ahnung ...

Martha: Schafskopf! Es ist aus irgendeinem blödsinnigen Bette-Davis-Film ... aus irgendeinem Metro-Goldwyn-Mayer-Epos ...

George: Ich kann mich nicht an jeden Film erinnern, den ich ...

Martha: Kein Mensch verlangt von dir, dich an jedes Metro-Goldwyn-Mayer-Epos zu erinnern ... Ich rede von einem, nur von einem! An ein einziges, kleines Epos denke ich! Bette Davis kriegt am Schluß Bauchfellentzündung ... Sie hat im ganzen Film dieses scheußliche schwarze Ungetüm von Perücke auf und kriegt am Schluß Bauchfellentzündung ... Und sie ist mit irgend was ... Joseph irgend was verheiratet ...

George. ... irgendwem ...

Martha: ... irgendwem ... Und sie will dauernd nach Chikago, weil sie den Schauspieler mit der Narbe liebt ... Aber sie wird krank ... und sie setzt sich an ihr Toilettentischchen ...

George: Welchen Schauspieler? Was für eine Narbe?

Martha: Ich kann mich nicht an seinen Namen erinnern. Herrgottnochmal, wie heißt denn der Film? Ich muß wissen, wie der Film heißt! ... Sie setzt sich an ihr Toilettentischchen ... und sie kriegt eine Bauchfellentzündung ... Und sie greift zum Lippenstift, um sich die Lippen zu schminken, aber sie hat nicht mehr die Kraft dazu ... sie schmiert sich den Lippenstift über's ganze Gesicht ... Und trotzdem entschließt sie sich, nach Chikago zu fahren ...

George: »Chikago«! Er heißt »Chikago«!

Martha: Was ...? Was ist los ...?

George: Der Film ...: er heißt Chikago ...

Martha: Allmächtiger Gott! Weißt du denn gar nichts? »Chikago« war ein Musical ... in den dreißiger Jahren ... mit der kleinen Alice Fay. Weißt du denn wirklich überhaupt nichts?

George: Dann war's eben vor meiner Zeit ...

MARTHA: Hör' bloß auf! Fang' nur nicht damit an! – Bette Davis kommt nach einem schweren Tag im Lebensmittelgeschäft nach Hause ...

GEORGE: Arbeitet sie in einem Lebensmittelgeschäft?

MARTHA: Sie ist Hausfrau, sie kauft in Lebensmittelgeschäften ein ... Und sie kommt mit den Lebensmitteln nach Hause, kommt in das bescheidene Wohnzimmer des bescheidenen Häuschens, das ihr der bescheidene Joseph Cotten eingerichtet hat ...

GEORGE: Sind sie verheiratet?

MARTHA *ungeduldig*: Ja. Sie sind verheiratet. Miteinander! Gouvernante! ... Und sie kommt ins Wohnzimmer, und sie schaut sich um, und sie stellt ihre Lebensmittel ab, und sie sagt: »Welch eine Bruchbude!«

GEORGE *Pause*: Ach!

MARTHA *Pause*: Sie ist mit ihrem Leben unzufrieden.

GEORGE *Pause*: Ach!

MARTHA *Pause*: Na, wie heißt denn der Film?

GEORGE: Ich weiß es wirklich nicht, Martha ...

MARTHA: Streng' dich 'n bißchen an!

GEORGE: Ich bin müde, mein Schatz ... Es ist spät ... Und außerdem ...

MARTHA: Ich weiß gar nicht, warum du so müde bist ... Du hast heute den ganzen Tag nichts getan. Du hast heute keine einzige Vorlesung gehabt ...

GEORGE: Ich bin eben müde ... Würde dein Vater nicht jahrein-jahraus diese Samstagabend-Orgien veranstalten ...

MARTHA: Du tust mir aufrichtig leid, George ...

GEORGE *wird immer kleiner vor Müdigkeit*: So ist es eben, ich bin müde.

MARTHA: Du hast doch wirklich nichts getan. Du tust ja nie etwas. Du mischst dich nicht einmal unter die Leute. Du sitzst nur 'rum und redest.

GEORGE: Was soll ich tun, deiner Meinung nach? Soll ich mich aufführen wie du? Soll ich den ganzen Abend mit Stentorstimme blödsinniges Zeug quatschen?

MARTHA *mit Stentorstimme*: Ich quatsche nicht!

GEORGE *versöhnlich*: Also gut ...: Du quatschst nicht.

MARTHA *verletzt*: Ich quatsche nicht!

George: Gut, gut ... Ich hab' doch gesagt, du quatschst nicht.

Martha *schmollend*: Gib mir 'was zu trinken.

George: Was?

Martha *immer noch leise*: Ich hab' gesagt, ich will 'was trinken.

George *geht zur Bar*: Na ja ... vielleicht eine ganz gute Idee ... Ein Schlummertrunk bringt uns nicht um ...

Martha: Schlummertrunk! Spinnst du? Wir erwarten Gäste.

George *ungläubig*: Was erwarten wir?

Martha: Gäste. Gäste!

George: Gäste?!

Martha: Ja ... Gäste ... Leute ... Wir kriegen Besuch.

George: Wann?

Martha: Jetzt!

George: Du lieber Himmel, Martha, weißt du, wie spät es ist ...? Wer kommt denn jetzt noch?

Martha: Ach, wie heißen sie doch gleich ...?

George: Wer?

Martha: Wie – heißen – sie – doch – gleich?!

George: Wer: Wie – heißen – sie – doch – gleich?

Martha: Ich weiß es nicht. Ich hab' ihren Namen vergessen. Du hast sie heut' abend auch kennengelernt ... Die Neuen ... Er ist Mathematikprofessor, oder was weiß ich ...

George: Was ... was sind das für Leute?

Martha: Du hast sie heut' abend kennengelernt, George.

George: Ich habe heute abend niemanden kennengelernt. Jedenfalls kann ich mich nicht erinnern ...

Martha: Du hast sie kennengelernt ... Krieg' ich endlich 'was zu trinken, bitte ...! Steht da und sperrt das Maul auf! ... Er unterrichtet Mathematik, ist ungefähr dreißig, blond und ...

George: ... und sieht gut aus ...?

Martha: Ja. Und sieht gut aus ...

George: Das hab' ich mir gedacht.

Martha: ... und seine Frau ist ein kleines Mäuschen ohne Hüften oder sonst was.

George *unbestimmt*: Ah.

Martha: Erinnerst du dich jetzt?

GEORGE: Ich glaube, ja, Martha ... Aber warum um alles in der Welt kommen die jetzt noch zu uns?

MARTHA *bestimmt*: Weil Papa gesagt hat, wir sollen nett zu ihnen sein, darum.

GEORGE *resigniert*: Oh, jeh!

MARTHA: Gibst du mir jetzt ’was zu trinken? Papa hat gesagt, wir sollen nett sein zu ihnen. Danke schön.

GEORGE: Aber warum denn ausgerechnet jetzt? Es ist schon nach zwei Uhr früh und ...

MARTHA: Weil Papa gesagt hat, wir sollen nett zu ihnen sein!

GEORGE: Gut. Aber ich bin sicher, dein Vater verlangt nicht, daß wir mit diesen Leuten die ganze Nacht verbringen. Wir hätten sie ja an irgendeinem Sonntag – oder was weiß ich – einladen können ...

MARTHA: Ich kann’s nicht mehr ändern ... Außerdem ist jetzt schon Sonntag. Sonntagfrüh ... sehr früh sogar.

GEORGE: Ich ... – das ist doch lächerlich ... !

MARTHA: Ich kann’s nicht mehr rückgängig machen!

GEORGE *resigniert, erschöpft*: Also gut, wo sind sie? Wo bleibt dein Besuch?

MARTHA: Er wird schon kommen.

GEORGE: Was tun sie ...? Sind die erst noch nach Hause gegangen, um sich auszuschlafen, oder was?

MARTHA: Die kommen dann schon!

GEORGE: Wenn du mir nur einmal vorher etwas sagen würdest ... Du stellst mich immer vor fertige Tatsachen.

MARTHA: Ich stell’ dich nicht immer vor fertige Tatsachen.

GEORGE: Doch ... doch, immer. Du stellst mich immer vor fertige Tatsachen!

MARTHA *freundlich, aber von oben herab*: Ach, George!

GEORGE: Immer!

MARTHA: Armer Georgie-Porgie, mag seinen Kuchen nicht!
Er verzieht mürrisch sein Gesicht.
Ooohhh ... Was hast du denn? Schmollst du? Hm? Sag’ ... Ziehst du ein Schmollmündchen! Du wirst doch nicht etwa ...?!

GEORGE *sehr ruhig*: Hör’ auf, Martha ...

MARTHA: Ooohhh ...!

GEORGE: Gib dir keine Mühe ...
MARTHA: Ooohhh!
Er reagiert nicht.
He!
Er reagiert nicht.
He!
George schaut sie gequält an.
He ...! *Sie singt:* »Wer hat Angst vor Virginia Woolf, Virginia Woolf, Virginia Woolf ...« Ha, ha, ha, ha!
Er reagiert nicht.
Was ist los? Findst du das nicht komisch, hm? *Herausfordernd:* Ich fand's irrsinnig komisch ... Die andern waren alle aus 'm Häuschen über meinen Einfall. Dir hat's nicht gefallen, hm?
GEORGE: Doch, doch, Martha ...
MARTHA: Auf der Party hast du dich gebogen vor Lachen.
GEORGE: Ich hab' geschmunzelt, ich hab' mich nicht gebogen vor Lachen ... Ich hab' geschmunzelt, verstehst du? Es war ja auch ganz lustig ...
MARTHA *starrt in ihr Glas*: Du hast dich gebogen vor Lachen.
GEORGE: Es war ganz lustig ...
MARTHA *hinterhältig*: Es war irrsinnig komisch!
GEORGE *geduldig*: Ja, gut, es war sehr amüsant.
MARTHA *überlegt eine Sekunde*: Du kotzst mich an!
GEORGE: Was?
MARTHA: Du ... Du kotzst mich an.
GEORGE *schaut sie an*: Das war nicht sehr nett, Martha.
MARTHA: Das war nicht ... was?
GEORGE: ... nicht sehr nett.
MARTHA: Dein Zorn imponiert mir! Ich glaub', ihn liebe ich am meisten an dir ... Deinen Zorn! Mensch, bist du ein ... Waschlappen! Du hast keinen Funken ... keinen Funken ... na, was denn schon ...?!
GEORGE: ... Mumm in den Knochen ...?
MARTHA: Quatschkopf!
Pause. Dann lachen beide.
Gib mir noch 'n Stück Eis. Du gibst mir nie Eis ... Warum eigentlich nicht, hm?

GEORGE *nimmt ihr Glas*: Ich geb' dir immer Eis. Du frißt es eben ... wie ein Cockerspaniel seinen Knochen. Eines Tages beißt du dir daran die Zähne aus.

MARTHA: Sind ja schließlich meine Zähne!

GEORGE: Nicht alle ... alle nicht ...!

MARTHA: Ich hab' immer noch mehr Zähne als du.

GEORGE: Zwei mehr.

MARTHA: Zwei mehr ist viel!

GEORGE: Vielleicht. Sogar sicher, wenn man bedenkt, wie alt du bist.

MARTHA: Hör' auf! Fang' nicht damit an!

Pause.

Du bist auch nicht mehr der Jüngste.

GEORGE *wie ein Junge*: Ich bin sechs Jahre jünger als du ... ich war's immer ... *singt:* »... und werd' es e-e-wi-ig, e-e-wi-ig blei-ei-ei-ei-ei-ei-ben!«

MARTHA *sauer*: Du kriegst eine Glatze.

GEORGE: Du auch.

Pause. Sie lachen beide.

Prost, mein Schatz.

MARTHA: Prost. Komm' her und gib deiner Mammi einen großen, dicken Schmatz.

GEORGE: ... Ach, Martha ...

MARTHA: Ich will einen Schmatz!

GEORGE *abwesend*: Ich mag dir jetzt keinen Kuß geben, Martha. Wo sind sie? Wo bleiben die Leute, die du eingeladen hast?

MARTHA: Sie sind noch dortgeblieben, um mit Papa zu sprechen ... sie kommen dann schon ... sie wollten noch mit Papa sprechen. Warum willst du mich nicht küssen?

GEORGE *zu sachlich*: Weißt du, Schatz, wenn ich dich jetzt küsse, rege ich mich auf ... Ich gerate außer mir und vergewaltige dich auf der Stelle ... hier im Wohnzimmer auf dem Teppich. Und dann kommen unsere lieben kleinen Gäste herein und ... Na, was würde dein Vater dazu sagen?

MARTHA: Du Schwein!

GEORGE: Boingngng!

MARTHA: Ha, ha, ha, HA! Gib mir noch 'was zu trinken ... Boccaccio!

GEORGE *nimmt ihr das Glas ab*: Du säufst wie 'n Loch.

MARTHA *spielt kleines Kind*: Marthalein hat so gloßen Dulst.

GEORGE: Ach, du lieber Gott!

MARTHA *wendet sich ihm abrupt zu*: Lieber Mann, dich trink' ich unter 'n Tisch, wann du willst ...

GEORGE: Martha, ich hab' dir den ersten Preis im Saufen schon vor Jahren zugesprochen ... Es gibt kaum eine Scheußlichkeit, für die du nicht den ersten Preis verdienst ...

MARTHA: Ich schwöre es dir: Wenn es dich gäbe, ich ließ' mich von dir scheiden ...

GEORGE: Bleib' du nur hübsch nüchtern ... Vergiß nicht, daß diese Leute deine Gäste sind ...

MARTHA: Ich seh' dich nicht einmal ... Ich seh' dich schon seit Jahren nicht ...

GEORGE: ... Wenn du plötzlich ohnmächtig umfällst oder kotzst, oder was weiß ich ...

MARTHA: Du bist ... Du bist ein Nichts, Nulpe ... ein Loch in der Natur ...

GEORGE: ... Und reiß' dir bitte nicht die Kleider vom Leib, ja ... Es gibt kaum einen widerlicheren Anblick als dich, mit ein paar Gläsern intus und dem Rock über'm Kopf ...

MARTHA: ... eine Null ...

GEORGE: ... wenn man das einen Kopf nennen kann ...!

Es klingelt.

MARTHA: Die Gäste. Jubel, Trubel, Heiterkeit!

GEORGE *mordlustig*: Ich hab' mich schon lange nicht so auf etwas gefreut, Martha ...

MARTHA *wie er*: Geh', mach' auf.

GEORGE *rührt sich nicht*: Geh' doch selber.

MARTHA: Mach' die Tür auf, du ...!

Er rührt sich nicht.

... Ich bring' dich um ...

GEORGE: ... Weißt du, was du mich kannst ...?

Es klingelt wieder.

MARTHA *ruft in Richtung Haustür*: Herei-ein!

Zu George, zwischen den Zähnen: Geh', mach die Tür auf, sag' ich dir!

GEORGE *bewegt sich in Richtung Tür, lächelt leicht*: Gut, Liebling, ich tu' alles für dich ... *Bleibt stehen.* Tu' du mir nur den einen Gefallen und zieh nicht deine Lieblingsnummer ab.

MARTHA: Lieblingsnummer? Abziehen? Wie redest du mit mir? Was soll das heißen?

GEORGE: Lieblingsnummer! Fang' bloß nicht mit deiner Lieblingsnummer an!

MARTHA: Du redest wie deine halbstarken Studenten. Was willst du? Was ist das? Meine Lieblingsnummer?

GEORGE: Der Junge. Sprich nicht von unserm Jungen.

MARTHA: Was hältst du eigentlich von mir?!

GEORGE: Viel zuviel.

MARTHA *jetzt ist ihr Zorn echt*: So?! Wenn ich will, red' ich vom Jungen, solang's mir paßt!

GEORGE: Tu' mir den Gefallen und lass' den Jungen aus dem Spiel.

MARTHA *drohend*: Er ist genauso mein Junge wie deiner. Wenn ich will, red' ich von ihm.

GEORGE: Ich geb' dir den guten Rat, tu's nicht, Martha.

MARTHA: Ich brauch' deinen Rat nicht.

Es klopft.

Herei-ein! *Zu George:* Geh', mach' die Tür auf!

GEORGE: Ich hab' dich gewarnt.

MARTHA: Ja, ja, ja ... geh' schon, mach' auf!

GEORGE *geht zur Tür*: Gut, mein Liebling, für dich tu' ich alles ... Ist es nicht schön, daß es sogar heutzutage noch Leute mit Manieren gibt? Ist es nicht schön, daß es noch Leute gibt, die einem nicht einfach ins Haus fallen ...? Auch wenn sie von drinnen das unmenschliche Gebrüll eines Ungeheuers vernehmen, das sie dazu auffordert ...?

MARTHA: Leck' mich am Arsch!

Mit Marthas letzter Bemerkung reißt George die Tür auf. Putzi und Nick stehen in der Türöffnung. Es entsteht eine kurze Pause. Dann ...:

GEORGE *spielt angenehme Überraschung beim Anblick von Putzi und Nick, in Wirklichkeit freut er sich aber darüber, daß die beiden Marthas letzten Satz gehört haben*: Aaahhh!

MARTHA *ein wenig zu laut und zu überschwenglich, um ihre ausfällige Redensart zu überspielen*: Hallo, hallo ...! Kommt 'rein!

PUTZI und NICK *ad libitum*: Guten Abend, da sind wir ... Guten Abend ... *etc.*

GEORGE *ganz sachlich*: Sie sind sicher unser sehnlichst erwarteter Besuch.

MARTHA: Ha, ha, ha, HA! Laßt euch von dem alten Sauertopf nicht einschüchtern. Kommt 'rein, Kinder ... gebt dem Leichenbitter eure Mäntel.

NICK *ausdruckslos*: Vielleicht hätten wir gar nicht kommen sollen ...

PUTZI: Ja, vielleicht ... Es ist ja wirklich sehr spät ...

MARTHA: Spät?! Daß ich nicht lache! Legt eure Sachen irgendwo ab und kommt 'rein.

GEORGE: Irgendwo ... auf dem Tisch oder Fußboden ... das spielt bei uns keine Rolle.

NICK *zu Putzi*: Ich hab' dir gesagt, wir gehen besser nicht mehr hin.

MARTHA *mit Stentorstimme*: Wie oft soll ich noch »Kommt 'rein« brüllen?! Kommt 'rein!

PUTZI *kichert, während sie mit Nick eintritt*: Ach, du liebes bißchen ...

GEORGE *macht Putzis Kichern nach*: Hi, hi, hi, hi, hi ...

MARTHA *wendet sich George abrupt zu*: Halt die Klappe, Mistbock!

GEORGE *gekränkte Unschuld*: Martha! *Zu Putzi und Nick.* Martha spricht oft wie ein Fuhrmann ...

MARTHA: Kommt, Kinder, setzt euch.

PUTZI *indem sie sich setzt*: Ach, hübsch ist es bei Ihnen!

NICK *automatisch*: Ja, wirklich ... sehr hübsch.

MARTHA: Danke schön.

NICK *zeigt auf das abstrakte Bild*: Von wem ... von wem ist das ...?

MARTHA: Das ...? Oh, von ...

GEORGE: ... von irgendeinem Griechen mit Schnurrbart, den Martha 'mal fast vergewaltigt hat ...

PUTZI *will die Situation retten*: Oh, ho, ho, ho, HO!

NICK: Es hat eine gewisse eigenartige ...

GEORGE: ... stille Intensität?
NICK: Nein, das würde ich nicht sagen ...
GEORGE: Ach.
Pause.
Dann vielleicht eine gewisse schreiende, gelöste Transzendenz?
NICK *bemerkt wohl, was George tut, bleibt aber verbissen kühl und höflich*: Nein, was ich sagen will, ist ...
GEORGE: Wie wär's mit einer »stillen und doch schreienden, gelösten Intensität«?
PUTZI: Schatz, er macht sich lustig über dich!
NICK *kalt*: Ich weiß.
Kurze, ungemütliche Pause.
GEORGE *aufrichtig*: Es tut mir leid.
Nick gibt durch ein gnädiges Kopfnicken zu verstehen, daß er ihm verziehen hat.
In Wahrheit ist es die bildliche Darstellung von Marthas geistigem Zustand.
MARTHA: Ha, ha, ha, HA! Gib den Kindern zu trinken, George. Was trinkt ihr denn, hm? Was wollt ihr trinken, Kinder?
NICK: Was möchtest du, Putzi?
PUTZI: Oh, ich weiß nicht, mein Schatz ... vielleicht einen kleinen Kognak ... »Mische nicht, und wenn das Herz auch bricht!« *Sie kichert.*
GEORGE: Kognak? Einen einfachen Kognak? Das ist leicht, das haben wir gleich.
Er geht zur Bar. Und Sie, was trinken Sie ...?
NICK: Whisky ... mit Eis, wenn's Ihnen nichts ausmacht?
GEORGE *während er die Getränke einschenkt*: Wenn's mir nichts ...? Nein, im Gegenteil, es macht mir gar nichts aus ... Martha? Spiritus für dich?
MARTHA: Warum nicht? »Mische nicht, und wenn das Herz auch bricht.«
GEORGE: Marthas Geschmack in alkoholischen Getränken hat im Lauf der Zeit ein bißchen gelitten ... Er hat sich mit den Jahren immer mehr vereinfacht ... wie soll ich sagen ... immer mehr auf das Wesentliche konzentriert. Seinerzeit, als ich Martha den Hof machte — ich weiß

nicht, ob das der richtige Ausdruck dafür ist – ... also wie auch immer: als ich Martha den Hof machte ... bevor ich um ihre Hand anhielt ...

MARTHA *fröhlich*: Armleuchter!

GEORGE *kommt mit Putzis und Nicks Gläsern zurück*: Damals, als ich ihr den Hof machte, hat sie sich die verrücktesten Dinge bestellt. Sie würden's nicht glauben! Gingen wir in eine Bar ... eine gewöhnliche Whisky-, Bier- und Schnaps-Bar, legte sie ihr Gesicht in hundert Falten, dachte angestrengt nach und wünschte sich schließlich: Crème de Cacao frappé, siedendheiße Punsch-Bowle, einen siebenfach gepanschten Likör ...

MARTHA: Das hat mir geschmeckt, das war gut ... ich hab's gern getrunken.

GEORGE: ... Getränke, die einer jungen Dame wohl anstehen.

MARTHA: Wo bleibt eigentlich mein Spiritus?

GEORGE *geht zur Bar zurück*: Aber wie gesagt, mit den Jahren hat Martha einen Sinn für das Wesentliche entwickelt ... für die Essenz. Sie weiß jetzt, daß man Sahne zum Kaffee trinkt, daß Zitronensaft in einen Kuchenteig gehört und daß Alkohol rein sein muß ...
Gibt Martha ihr Glas. Hier, mein Engel ... dem Reinen ist alles rein. *Er erhebt sein Glas:* Auf unsres »Geistes ›blindes‹ Aug'«, auf unsres Herzens Ruh' und unsere geschwollene Leber. Hoch die Tassen!

MARTHA *zu allen*: Prost, Kinder.
Sie trinken alle.
Du hast eine poetische Ader, George ... Was du eben gesagt hast, könnte von Dylan Thomas sein ... Du sagst manchmal Dinge, die mich treffen, wo ich am empfindlichsten bin ...

GEORGE: Schweinchen! Vor allen Leuten!

MARTHA: Ha, ha, ha, HA! *Zu Putzi und Nick:* Achtung, singt alle mit!
Sie singt und dirigiert mit der Hand, in der sie das Glas hält. Putzi fällt am Schluß ein.
»Wer hat Angst vor Virginia Woolf, Virginia Woolf, Virginia Woolf, Wer hat Angst vor Virginia Woolf ...«
Martha und Putzi lachen. Nick schmunzelt.

PUTZI: Ach, war das komisch! Das war fabelhaft komisch...!

NICK *fällt ihr ins Wort*: Ja, wirklich, das war außerordentlich komisch.

MARTHA: Ich hab Angst gehabt, ich mach mir in die Hose... Wirklich, ich hab' fast in die Hose gemacht vor Lachen... George hat's nicht gefallen ... George fand's überhaupt nicht komisch.

GEORGE: Martha, müssen wir das alles noch mal durchkauen?

MARTHA: Ich möchte dir nur endlich beweisen, daß du keinen Sinn für Humor hast.

GEORGE *übergeduldig, zu Putzi und Nick*: Martha findet, ich hab' nicht laut genug gelacht ... sie glaubt, man amüsiert sich nicht, wenn man dabei nicht – wie sie eben so treffend bemerkte – wenn man dabei nicht fast in die Hose macht. Wenn man nicht kreischt und sich dabei nicht auf die Schenkel schlägt, hat man Marthas Meinung nach keinen Spaß.

PUTZI: Ich habe mich jedenfalls fabelhaft amüsiert ... Es war überhaupt eine fabelhafte Party.

NICK *versucht in ihre Begeisterung einzustimmen*: Ja, das finde ich auch.

PUTZI *zu Martha*: Und Ihr Vater! Er ist einfach fabelhaft!

NICK *wie oben*: Ja ... ja, das find' ich auch.

PUTZI: Wirklich, ich sag's Ihnen!

MARTHA *mit echtem Stolz*: Er ist ein toller Bursche, nicht? Ein ganz toller Bursche.

GEORGE *zu Nick*: Merken Sie sich das!

PUTZI *versetzt George in Staunen*: Ooohhh! Er ist ein fabelhafter Mann!

GEORGE: Ich hab' ja nicht das Gegenteil behauptet. Er ist der liebe Gott, das wissen wir alle.

MARTHA: Laß meinen Vater aus dem Spiel!

GEORGE: Ja, Liebling. *Zu Nick*. Was ich sagen wollte ...: Wenn man soviel Samstagabend-Parties hinter sich hat wie ich ...

NICK *unterbricht ihn*: Ich fand es sehr ... sehr ersprießlich. Ganz abgesehen davon, daß ich mich glänzend unterhalten habe, fand ich es auch sehr ... sehr ersprießlich. Wis-

sen Sie, als Neuling ... – Ich meine ... wenn man eben neu eine Stelle angetreten hat ... in einer Gemeinschaft ...
George schaut ihn argwöhnisch an.
... Ich hab' zumindest jedermann kennengelernt. Schließlich möchte man seine Kollegen doch kennen, ich meine ... kennenlernen ... Als ich in Kansas unterrichtete ...

PUTZI: Sie werden's nicht glauben, aber dort mußten wir uns ganz allein zurechtfinden ... nicht, mein Schatz?

NICK: Ja ... Wir ...

PUTZI: Ganz allein. Ich mußte die Frauen unbekannterweise ansprechen ... in der Bibliothek oder beim Einkaufen ... Was blieb mir anderes übrig? Ich ging hin und sagte: »Guten Tag, ich bin neu hier ... Sie sind sicher Frau So-und-so, Dr. So-und-sos Gattin?« Das war wirklich nicht sehr angenehm.

MARTHA: Papa weiß schon, wie man's macht.

NICK *nicht genug Begeisterung*: Er ist ein bemerkenswerter Mann.

MARTHA: Weiß Gott, das dürfen Sie noch mal sagen!

GEORGE *zu Nick, vertraulich, aber nicht geflüstert*: Wenn ich Ihnen ein Geheimnis anvertrauen darf, mein Junge: es gibt für einen College-Professor einfachere Dinge auf der Welt ... einfachere Dinge, als mit der Tochter des Präsidenten verheiratet zu sein. Es gibt wirklich einfachere Dinge auf der Welt.

MARTHA *laut, aber nicht direkt zu jemandem gesprochen*: Es könnte ein glänzendes Sprungbrett sein ... Es gibt Männer, für die es die Chance ihres Lebens wäre!

GEORGE *zu Nick, mit vertraulichem Augenzwinkern*: Glauben Sie es mir, es gibt einfachere Dinge auf der Welt.

NICK: Ich kann mir vorstellen, daß sich daraus schwierige Situationen ergeben können ... begreiflicherweise ... Und dennoch ...

MARTHA: Es gibt Männer, die sich für eine solche Chance den rechten Arm abhacken ließen!

GEORGE *ruhig*: In Wirklichkeit, Martha, beschränkt sich die Opferfreudigkeit auf privatere Glieder ...

MARTHA *mit einem Ausdruck tiefster Verachtung*: Aaachchch!

PUTZI *erhebt sich unvermittelt*: Würden Sie mir bitte,

wenn's Ihnen nichts ausmacht, zeigen, wo ... wo das ...
Die Stimme versagt ihr.

GEORGE *zu Martha, auf Putzi weisend*: Martha ...

NICK *zu Putzi*: Ist dir nicht gut ...?

PUTZI: Doch, doch, mein Schatz ... Ich möchte nur ... nur ... mir nur die Nase pudern.

GEORGE *da Martha keine Anstalten macht, sich zu erheben*: Martha, zeig' ihr doch bitte, wo wir unser Deckmäntelchen fallen lassen.

MARTHA: Hm? Was? Ach so! Ja, natürlich. *Steht auf.* Entschuldigung, bitte kommen Sie, ich zeig' Ihnen das Haus.

PUTZI: Ich möchte aber gerne ...

MARTHA: ... die Hände waschen? Aber bitte ... kommen Sie mit.
Nimmt Putzis Arm. Zu den Männern: Unterhaltet euch gut. Wie Männer unter sich so reden.

PUTZI *zu Nick*: Wir kommen gleich wieder, Schatz.

MARTHA *zu George*: Ehrlich, George, du machst mich krank!

GEORGE: Ja ...?

MARTHA: Wirklich, George.

GEORGE: Ja, gut, Martha, gut, gut ... Geh' endlich.

MARTHA: Ganz im Ernst.

GEORGE: Quatsch' nur nicht von ... von ... – Du weißt schon von was!

MARTHA *mit überraschender Heftigkeit*: Ich rede, über was ich will, verstehst du mich, George?!

GEORGE: Also gut, gut ... verschwinde.

MARTHA: Über was ich will, Herrgott!
Sie schleppt Putzi fast hinaus. Kommen Sie ...

GEORGE: So verschwind' doch endlich.
Die Frauen sind abgegangen.
Was trinken wir denn jetzt?

NICK: Ach, ich weiß nicht ... ich glaub', ich bleib' bei Whisky.

GEORGE *nimmt Nicks Glas und geht zur Bar*: Haben Sie drüben auf 'm Parnaß auch Whisky getrunken?

NICK: Wo?

GEORGE: Auf 'm Parnaß.

NICK: Ich weiß nicht, was Sie meinen ...?

GEORGE: Das macht nichts. *Gibt ihm das Glas zurück.* Ihr Whisky.

NICK: Danke.

GEORGE: Ein alter Witz von Martha und mir.

Sie setzen sich.

So ...

Pause.

Sie unterrichten also Mathematik, hm?

NICK: Nein ... ich ... Nein.

GEORGE: Martha hat's behauptet ... ich glaube es wenigstens. *Nicht allzu freundlich:* Warum sind Sie Lehrer geworden?

NICK: Och ... wahrscheinlich aus ähnlichen Gründen wie Sie ... nehme ich an.

GEORGE: Und zwar?

NICK *formell, höflich*: Bitte?

GEORGE: Aus was für Gründen? Warum bin ich Lehrer geworden?

NICK *lacht unsicher*: Ach ... das weiß ich nicht.

GEORGE: Sie haben doch eben gesagt, daß Sie aus ähnlichen Gründen Lehrer geworden sind wie ich.

NICK *ein wenig pikiert*: Ich hab' gesagt: »Wahrscheinlich« ... »ich nehme es an« ...

GEORGE: Ach so. *Erstaunt:* Haben Sie das gesagt?

Pause.

Ja ...

Pause.

Gefällt's Ihnen bei uns?

NICK *schaut sich im Raume um*: Ja ... sehr ... es gefällt mir sehr ...

GEORGE: Ich meine, am College ...

NICK: Ach so ... Ich dachte, Sie meinen ...

GEORGE: Ja, ja, ich weiß, was Sie dachten.

Pause.

Ich meine am College ...

NICK: ... Sehr ... es gefällt mir sehr.

Da George ihn unverwandt anschaut. Wirklich. – Sie ... Sie sind schon lange hier, nicht?

GEORGE *abwesend, als ob er nicht zugehört hätte*: Was?

Oh, ja ... seit ich verheiratet bin ... seit ich mit – wie heißt sie doch gleich? – mit ... Martha verheiratet bin. Sogar schon länger.
Pause.
Eine Ewigkeit. *Zu sich selber:* Enttäuschte Hoffnungen, guter Wille. Gut, besser, am besten – bestens. *Wieder zu Nick:* Wie gefällt Ihnen meine Deklination, junger Mann, hm?

NICK: Herr Professor, es tut mir leid, wenn wir ...

GEORGE *mit einer Spitze in der Stimme*: Sie haben meine Frage nicht beantwortet.

NICK: Herr Professor, ich ...

GEORGE: Spielen Sie nicht den wohlerzogenen jungen Mann! Ich hab' Sie gefragt, wie Ihnen die Deklination gefällt: »gut, besser, am besten, bestens.« Na? Hm?

NICK *abgestoßen*: Ich weiß wirklich nicht, was ich darauf sagen soll.

GEORGE *mit geheuchelter Ungläubigkeit*: Sie wissen wirklich nicht, was Sie darauf sagen sollen?

NICK *schleudert ihm die Antwort ins Gesicht*: Na, gut ... was wollen Sie hören? Soll ich sagen, es sei lustig, damit Sie mir widersprechen und sagen, es sei traurig? Oder soll ich sagen, es sei traurig, damit Sie sagen können, es sei lustig? Man kann dieses Spielchen bis zur endgültigen Verblödung treiben!

GEORGE *mit geheuchelter Bewunderung*: Gut! Sogar sehr gut!

NICK *noch aufgebrachter als zuvor*: Und wenn meine Frau zurückkommt, gehen wir ...!

GEORGE *aufrichtig*: Aber nicht doch ... Beruhigen Sie sich, mein Junge, beruhigen Sie sich.
Pause.
Alles wieder in Ordnung?
Pause.
Wollen Sie noch was trinken? Geben Sie mir Ihr Glas.

NICK: Es ist noch nicht leer. Ich glaub' wirklich, wenn meine Frau zurückkommt ...

GEORGE: Geben Sie her, ich füll' nach. Geben Sie mir Ihr Glas. *Er nimmt es.*

NICK: Ich habe den Eindruck, Sie ... Sie und Ihre Frau ... Sie und Ihre Frau machen sich auf eine etwas sonderbare Art über uns ...

GEORGE: ... Martha und ich machen uns ... wir machen gar nichts. Martha und ich ... wir üben ... weiter nichts ... Wir führen unsern Verstand spazieren ... oder das, was davon übrig ist. Machen Sie sich nichts draus.

NICK *unentschlossen*: Ich weiß nicht ...

GEORGE *wechselt plötzlich abrupt den Ton*: Setzen wir uns. Plaudern wir ein bißchen, hm?

NICK *wieder ganz kühl*: Ich möchte nur nicht plötzlich ... plötzlich in etwas hineingezogen werden ... in anderer Leute Angelegenheiten ...

GEORGE *als ob er ein Kind trösten würde*: Sie werden sich daran gewöhnen ... kleines College und so ... Kennen Sie das Gesellschaftsspiel »Verwechselt das Bäumchen«? Das ist das Lieblingsspiel an unserm College. Nur daß es bei uns nicht mit Bäumchen gespielt wird, sondern mit Bettchen.

NICK: Wie meinen Sie das, Herr Professor?

GEORGE: Wie ich es sage: »Verwechselt das Bettchen« ... Aber lassen wir das. Und bitte nennen Sie mich nicht »Herr Professor«. Wenigstens nicht mit diesem Fragezeichen am Ende ... Sie wissen schon, was ich meine. Ich weiß, Sie wollen damit dem ... *Er zuckt:* Älteren die ihm gebührende Achtung erweisen ... aber bitte lassen Sie es, hm?

NICK *mit einem kleinen, nichtssagenden Lächeln*: Ich wollte Ihnen nicht zu nahe treten ...

GEORGE: Wie alt sind Sie?

NICK: Achtundzwanzig.

GEORGE: Ich bin ein guter Vierziger. *Er erwartet eine Reaktion. Als keine eintritt, fährt er fort:* Erstaunt Sie das nicht? Ich meine ... sehe ich nicht älter aus? Mit meinem grauen Haar ...? Nicht eher wie ein falscher Fünfziger? Verblasse ich nicht schon ein wenig? Löse mich auf im Rauch meiner Zigarette, hm?

NICK *schaut sich nach einem Aschenbecher um*: Ich finde, Sie sehen ausgezeichnet aus.

GEORGE: Mager war ich immer ... Ich hab' keine fünf Pfund zugenommen, seit ich so alt war wie Sie. Ich hab' auch keinen Wanst ... nur hier, unter der Gürtellinie, fängt's jetzt leider langsam an ... aber es ist hart ... nicht schlabbrig. Ich spiele Faustball. Wie schwer sind Sie?
NICK: Ich ...
GEORGE: ... ich schätze, ungefähr hundertfünfundsiebzig Pfund ... Spielen Sie Faustball?
NICK: Ich ... ja ... aber schlecht.
GEORGE: Wir müssen mal zusammen spielen. Martha ist hundertvierundzwanzig Jahre alt. Wiegen tut sie 'n bißchen mehr. Wie alt ist Ihre Frau?
NICK *ein wenig verwirrt*: Sechsundzwanzig.
GEORGE: Martha ist ein erstaunliches Weib. Ich schätze, sie wiegt ungefähr hundertzehn?
NICK: Ihre Frau ... wiegt ...?
GEORGE: Nein, nein, mein Junge. Die Ihre. Ihre Frau! Meine Frau heißt Martha.
NICK: Ja ... das weiß ich.
GEORGE: Wenn Sie mit Martha verheiratet wären, wüßten Sie, was das bedeutet.
Pause.
Aber ich stelle mir vor, wenn ich mit Ihrer Frau verheiratet wär', wüßte ich, was das bedeutet, nicht wahr?
NICK *nach einer Pause*: Ja.
GEORGE: Martha hat mir gesagt, Sie sind Mathematiker ... oder was Ähnliches.
NICK *als ob er es zum hundertsten Mal sagen würde:* Nein, nicht Mathematiker ...
GEORGE: Martha irrt sich eigentlich selten ... Vielleicht sollten Sie Mathematiker sein ... oder was Ähnliches.
NICK: Ich bin Biologe.
GEORGE *nach einer Pause*: Oh. *Dann, als ob er sich an etwas erinnerte:* Oh!
NICK: Herr Professor?
GEORGE: Sie sind das? Sie sind derjenige, der das ganze College in Aufregung versetzt hat ... der alle Menschen gleichmachen will ... durch Beeinflussung der Chronosomen – oder wie die Dinger heißen. Hab' ich recht?

NICK *mit einem kleinen Lächeln*: Nicht ganz. Chro-mosomen.

GEORGE: Ich bin sehr mißtrauisch. Glauben Sie ... *Er verändert seine Stellung in seinem Sessel.* ... glauben Sie, die Menschen lernen etwas aus der Geschichte? Nicht, daß es nichts aus ihr zu lernen gäbe, im Gegenteil – aber glauben Sie, daß die Menschen tatsächlich etwas aus ihr lernen? Ich bin nämlich Historiker.

NICK: Ja, was soll ich sagen ...

GEORGE: Ich bin Geschichtsprofessor ... Meine akademischen Titel: Doktor der Philologie und der Nationalökonomie. Das Wissen, das sich hinter der Verbindung dieser beiden Titel verbergen sollte, wird oft als unnötige Belastung des Großhirns bezeichnet, oft aber auch als Allerweltselixier. Eigentlich stimmt beides ... Ich bin wirklich sehr mißtrauisch. Biologie also ...?

Nick antwortet nicht ... nickt ... schaut George an.

Ich hab' in irgendeinem Zukunftsroman ... – dessen Verfasser behauptete, sein Roman sei gar kein Roman, sondern im strengsten Sinne wissenschaftliche Forschung ... – in irgendeinem Zukunftsroman hab' ich gelesen, daß Sie und Ihre Biologiekollegen vorhaben, meine Zellen, meine Zellkerne – Nucleus genannt, glaub' ich – meine ... was weiß ich ... »Gene«, dahin zu beeinflussen, daß die genetische Variabilität der Nachkommenschaft aufgehoben wird, und alle Menschen gleich sind. Und das gefällt mir gar nicht! Das wär' eine Schande! Schau'n Sie zum Beispiel mich an! Finden Sie den Gedanken wirklich so verlockend, daß die Menschen mit vierzig alle wie fünfundfünfzig aussehen? Übrigens haben Sie meine Frage noch nicht beantwortet: Lernen die Menschen etwas aus der Geschichte?

NICK: Was Ihre genetischen Betrachtungen anbelangt ...

GEORGE: Ach, lassen wir das. *Er beendigt das Thema mit einer Handbewegung.* Es ist zu verwirrend ... zu verdrießlich. Geschichte ist allerdings noch verdrießlicher. Aber ich bin nun einmal Historiker.

NICK: Ja, das sagten Sie schon.

GEORGE: Ich weiß ... wahrscheinlich sag' ich es noch öfter

Martha nimmt es mir übel, daß ich nur ein kleiner Professor unter vielen bin und nicht Direktor unseres Historischen Seminars. Darüber kommt sie nicht hinweg.

NICK: Ich bin auch nicht Direktor des Biologie-Seminars.

GEORGE: Sie sind einundzwanzig!

NICK: Achtundzwanzig.

GEORGE: Achtundzwanzig! Vielleicht werden Sie, wenn Sie vierzig sind und wie ein falscher Fünfziger aussehen, Direktor des Geschichts-Seminars sein ...

NICK: Des Biologie-Seminars ...

GEORGE: Des Biologie-Seminars. Ich meine ja Biologie ... Ich war vier Jahre lang Direktor ... während des Krieges. Weil sonst niemand da war. Dann kamen alle zurück, keiner war umgekommen ... typisch Neu-England. Ist das nicht unbegreiflich? Nicht einer, kein einziger von hier hat dran glauben müssen. Das ist doch vollkommen unbegreiflich. *Brütet.* Ihre Frau hat überhaupt keine Hüften, nicht? Oder ...?

NICK: Was?

GEORGE: Ich will damit nicht sagen, daß ich auf Hüften besonders fliege ... ich gehöre nicht zu den Männern, die sich auf bestimmte Maße festlegen ... überhaupt nicht, im Gegenteil. Ich wollte damit nur sagen, daß Ihre Frau in den Hüften sehr schmal ist.

NICK: Ja ... das stimmt.

GEORGE *schaut zur Zimmerdecke hinauf*: Was tun die beiden nur da oben? Ich glaube, sie sind zusammen 'raufgegangen ...

NICK *falsche Vertraulichkeit*: Sie kennen doch die Frauen.

GEORGE *schaut Nick lange an, mit einem Blick geheuchelter Ungläubigkeit. Dann wechselt er wieder das Thema*: Kein einziger dieser Halunken ist umgekommen. Washington wurde allerdings auch nicht bombardiert. Aber trotzdem ...: es ist einfach ... einfach ... nicht gerecht! Haben Sie Kinder?

NICK: Ich ... nein ... noch nicht.
Pause.
Sie?

GEORGE: Raten Sie mal!

NICK: Ist das ein Geheimnis?

GEORGE: Sie haben also keine Kinder?

NICK: Nein. Noch nicht.

GEORGE: Im allgemeinen haben Leute in Ihrem Alter schon Kinder. Und damit wär' ich wieder bei der Frage, ob die Menschen aus der Geschichte etwas lernen ... Sie und Ihre Kollegen von der Biologie erzeugen die Kinder eines Tages in Reagenzgläsern, nicht? Ihr Biologen. Kinder! Und wir gewöhnlich Sterblichen – das heißt, diejenigen, die Lust dazu haben –, wir dürfen dann vögeln auf Teufelkommraus. Was geschieht in diesem Fall eigentlich mit den Steuerabzügen? Hat sich das schon jemand überlegt?
Nick, dem nichts Besseres einfällt, lacht herablassend.
Sie wünschen sich doch Kinder, nicht? Trotz der historischen Entwicklung.

NICK *ausweichend*: Ja ... natürlich. Wir möchten nur noch ein wenig warten ... bis wir uns irgendwo seßhaft gemacht haben.

GEORGE: Und dies hier ... *Mit einer Handbewegung beschreibt er nicht nur den Raum, das Haus, sondern auch die ganze Umgebung.*
... dies hier ist nach Ihrem Geschmack ... Ihr Herzenswunsch ... Ihr Traum ... Arkadien ... die Insel der Pinguine ... – Gomorra. Sie glauben, hier in Neu-Karthago machen Sie Ihr Glück, was?

NICK *in Verteidigungsstellung*: Ich hoffe, wir bleiben hier.

GEORGE: Sie lassen sich nicht leicht zu einer Meinungsäußerung hinreißen? Sie sind vorsichtig, hm? Wahrscheinlich ist unser College gar nicht so übel. Es ist nicht die Technische Hochschule von Massachusetts ... oder die Universität von Los Angeles ... oder gar die Sorbonne ... die Universität Moskau ist es auch nicht gerade ...

NICK: Es muß ja nicht für immer sein ...

GEORGE: Passen Sie auf, daß sich das nicht 'rumspricht. Der Alte mag das nicht. Marthas Vater erwartet Treue und Ergebenheit von seinen ... seinen ... Mitarbeitern – ich hätte eigentlich ein passenderes Wort dafür. Marthas Vater erwartet von seinen ... Mitarbeitern ... Anhänglichkeit. Er möchte sie mit seinem Haus verwachsen sehen ... wie

Efeu, der sich an Hausmauern emporrankt. Er erwartet von ihnen, daß sie in seinem Dienst alt werden ... bis sie in Ausübung ihrer Pflicht fallen. Ein Lateinprofessor ist tatsächlich einmal, als er in der Kantine Schlange stand, gefallen. Man hat ihn im Gebüsch hinter der Kapelle begraben ... wo schon viele von uns liegen – und noch mehr von uns liegen werden. – Man sagt ... ich habe keinen Grund, daran zu zweifeln ... daß wir vorzüglichen Dünger abgeben. Aber der Alte wird nie im Gebüsch hinter der Kapelle begraben, weil der Alte nie sterben wird. Marthas Vater besitzt das Geheimnis der ewigen Jugend, er hat die unerschöpfliche Widerstandskraft einer Riesenschildkröte. Manche Leute sagen – aber bitte erwähnen Sie diese Gerüchte nie vor Martha, sonst schäumt sie vor Wut –, sie sagen, daß der Alte über zweihundert Jahre alt sei. Die Geschichte hat auch noch eine sehr komische Seite, aber ich bin noch nicht betrunken genug, um Ihnen das zu erzählen. Wieviel Kinder wünschen Sie sich?

NICK: Ich ... ich weiß nicht ... meine Frau ist ...

GEORGE: ... schmalhüftig. *Steht auf.* Noch was zu trinken?

NICK: Ja, gern.

GEORGE: Martha!

Keine Antwort.

Scheibenkleister! *Zu Nick:* Sie haben vorhin behauptet, daß ich über die Frauen Bescheid weiß ... Was ich nicht weiß, ist, worüber sie reden, wenn sie unter sich sind. *Unbestimmt:* Ich muß eines Tages dahinterkommen.

MARTHAS STIMME: Was willst du?!

GEORGE *zu Nick:* Sind das nicht herrliche Sphärenklänge ...? Was ich sagen wollte ...: Was glauben Sie, worüber die reden, hm? Oder ist es Ihnen gleichgültig?

NICK: Über sich selber, nehme ich an.

MARTHAS STIMME: George?!

GEORGE *zu Nick*: Finden Sie die Frauen ... verwirrend, rätselhaft?

NICK: Na ja ... ja und nein.

GEORGE *mit wissendem Kopfnicken*: Ähem.

Er geht in Richtung Halle und stößt beinahe mit Putzi zusammen, die wieder ins Wohnzimmer tritt.

Na, da haben wir ja wenigstens eine von euch zurück.
Putzi geht auf Nick zu. George geht zum Türbogen, der in die Halle führt.

PUTZI *zu George*: Sie kommt gleich. *Zu Nick:* Schatz, du mußt dir das Haus ansehen ... Es ist ein fabelhaftes altes Haus.

NICK: Ja, ich ...

GEORGE: Martha!

MARTHAS STIMME: Herrgottnocheins, wart' doch noch 'n bißchen!

PUTZI *zu George*: Sie kommt sicher gleich. Sie zieht sich nur rasch um.

GEORGE *ungläubig*: Was? Sie zieht sich um?

PUTZI: Ja.

GEORGE: Ganz?

PUTZI: Sie will ihr Kleid loswerden.

GEORGE *argwöhnisch*: Warum?

PUTZI *mit einem nervösen kleinen Lachen*: Ich denke, sie will es sich bequem machen.

GEORGE *mit einem drohenden Blick nach oben*: Ach, bequem will sie es sich machen ...?!

PUTZI: Du lieber Himmel, ich stelle mir vor, sie will sich ...

GEORGE: Sie können sich nicht vorstellen, was die will!

NICK *Putzi will auffahren, Nick hält sie zurück*: Geht's dir besser?

PUTZI *beruhigt ihn in einem Ton, der lange Übung verrät*: Ja, mein Schatz, viel besser.

GEORGE *kochend, zu sich selber*: Bequem will sie es sich machen! Na, wir werden ja sehen.

PUTZI *zu George, heiter*: Ich hab gar nicht gewußt, daß Sie einen Sohn haben.

GEORGE *wendet sich abrupt um, als ob er von hinten angegriffen worden wäre:* Was?!

PUTZI: Einen Sohn! Ich hatte keine Ahnung.

NICK *zu George*: So was läßt sich nicht verheimlichen. Muß schon ein großer Junge sein ...

PUTZI: Einundzwanzig ... Morgen wird er einundzwanzig. Er hat morgen Geburtstag.

GEORGE: Hat sie Ihnen das erzählt?

Putzi *erregt*: Ja ... ich ... ich meine, ja ...
George *endgültig feststellend*: Sie hat Ihnen von ihm erzählt?!
Putzi *mit nervösem Lachen*: Ja.
George *mit sonderbarem Unterton*: Sie zieht sich um, sagen Sie?
Putzi: Ja ...
George: Und sie hat Ihnen von unserem Jungen erzählt ...?
Putzi *fröhlich, aber ein wenig irritiert*: ... daß er morgen Geburtstag hat, ja.
George *mehr oder weniger zu sich selber*: Na, gut, Martha ... gut.
Nick: Du bist blaß, Putzi ... Willst du einen ...
Putzi: Oh, ja, bitte, Schatz, noch einen ganz kleinen Kognak ... nur ein Tröpfchen.
George: Na, gut, Martha.
Nick: Darf ich mich bedienen ...?
George: Bitte? Oh, ja, selbstverständlich ... trinken Sie ... trinken Sie nur ... mit den Jahren wird's immer unentbehrlicher.
Für Martha, als ob sie sich im Zimmer befände: Du böses Luder ...
Putzi *um die Situation zu überbrücken*: Wie spät ist es, Schatz?
Nick: Halb drei.
Putzi: Was? So spät ...? Wir sollten jetzt aber wirklich nach Hause gehen.
George *ist in Gedanken so mit Martha beschäftigt, daß er sich seines bösen Tones gar nicht bewußt ist*: Wieso? Sorgen Sie sich um den Babysitter ... oder was?
Nick *fast warnend*: Ich hab' Ihnen doch gesagt, daß wir keine Kinder haben.
George: Bitte? *Er versteht*: Ach so. Tut mir leid. Ich hab' gar nicht zugehört ... ich hab' nur so gedankenlos dahergeredet ... *Mit einer Handbewegung:* ... Verzeihen Sie mir.
Nick *leise zu Putzi*: Wir gehen bald.
George *bohrend*: Oh, nein ... bitte nicht, das kommt überhaupt nicht in Frage. Martha zieht sich um. Und Martha

zieht sich nicht für mich um. Für mich hat sich Martha schon seit Jahren nicht mehr umgezogen. Daß Martha sich umzieht, bedeutet: wir bleiben noch tagelang beisammen ... Es wird Ihnen eine große Ehre zuteil ... Und vergessen Sie bitte nicht, daß Martha die Tochter unseres vielgeliebten Chefs ist. Sie ist seine rechte ... ja, man kann sogar sagen ...: sein rechtes Ei.

NICK: Sie begreifen das wahrscheinlich nicht: aber ich bitte Sie, in Gegenwart meiner Frau nicht so zu reden.

PUTZI: Ach, Schatz.

GEORGE *ungläubig*: Wirklich? Vielleicht haben Sie recht. Überlassen wir das Martha.

MARTHA *tritt auf*: Was? Was überlassen wir Martha?

Martha hat sich umgezogen. Sie hat es sich offensichtlich bequemer gemacht und sieht jetzt noch herausfordernder und üppiger aus.

GEORGE: Da bist du ja, mein Liebling.

NICK *beeindruckt. Er steht auf*: Ach! Wenn ich mir erlauben darf ...

GEORGE: Martha, das trägst du doch sonst nur zum Kirchgang ...

PUTZI *weist George leicht zurecht*: Es ist fabelhaft!

MARTHA *führt ihr Kleid vor*: Gefällt es Ihnen? Danke. *Zu George*: Sag mal, was fällt dir eigentlich ein, so durchs ganze Haus zu brüllen?

GEORGE: Wir haben uns einsam gefühlt, Liebling ... wir haben uns nach deinem sanften Gurren gesehnt.

MARTHA *entschließt sich, nicht auf ihn einzugehen*: So? Geh' jetzt erst mal an unsere kleine süße Bar ...

GEORGE *übernimmt ihren Ton*: ... und gib deiner kleinen, süßen Mammi einen großen, scharfen Schnaps.

MARTHA: Ganz recht. *Zu Nick:* Na, habt ihr Männer euch gut unterhalten? Habt ihr – wie richtige Männer – alle Probleme aus der Welt geschafft?

NICK: Das nicht gerade ...

GEORGE *schnell*: Wir haben – wenn es dich wirklich interessiert – ... wir haben uns den Kopf zerbrochen, über was ihr beide da oben redet.

Putzi kichert, Martha lacht.

MARTHA *zu Putzi*: Was sagen Sie zu unseren Helden ...? *Mit heiterer Verachtung:* Sind Männer nicht das Letzte?! *Zu George:* Warum bist du nicht 'raufgeschlichen und hast gehorcht?

GEORGE: Ich hätte nicht gehorcht, Martha ... ich hätte durchs Schlüsselloch geluchst.

Putzi kichert, Martha lacht.

NICK *zu George, mit verlogener Herzlichkeit*: Die beiden haben sich gegen uns verschworen.

GEORGE: Und so werden wir es – oh, Schmach und Schande – nie erfahren!

MARTHA *zu Nick ... Putzi strahlt*: Sie müssen ja ein Wunderkind gewesen sein. Macht sein Abitur mit zwölf ... hast du das gehört, George?

NICK: Zwölfeinhalb ...! Nein, nein, Blödsinn ... ich war natürlich schon sechzehn. *Zu Putzi:* Warum erzählst du das, Putzi?! Es ...

PUTZI *unterbricht ihn*: Oh ... ich bin stolz auf dich ...!

GEORGE *ganz ernst, wenn auch traurig*: Das imponiert mir sehr!

MARTHA *angriffslustig*: Hoffentlich!

GEORGE *zwischen den Zähnen*: Ich sage: ich bin beeindruckt, Martha. Ich bin ganz blaß vor Neid. Was soll ich noch tun? Soll ich vor Begeisterung kotzen? *Zu Nick:* Das ist wirklich eine außerordentlich bemerkenswerte Leistung. *Zu Putzi:* Sie haben allen Grund, stolz zu sein.

PUTZI *bescheiden*: Er ist schon ganz in Ordnung.

GEORGE *zu Nick*: Es würde mich nicht wundern, wenn Sie schon morgen Direktor des Geschichts-Seminars wären.

NICK: Des Biologie-Seminars ...

GEORGE: Biologie ... natürlich. Meine Gedanken kreisen immerzu um Geschichte. Buh, was für ein Satz!

Er nimmt eine theatralische Pose an, legt eine Hand aufs Herz und verkündet erhobenen Hauptes mit Stentorstimme: »Meine Gedanken kreisen immerzu um Geschichte!«

MARTHA *Putzi und Nick lachen*: Ha, ha, ha, HA!

GEORGE *leicht angewidert*: Jetzt muß ich noch etwas trinken.

MARTHA: Georges Gedanken kreisen nicht um Geschichte ... sie kreisen um den Direktor des Seminars für Geschichte. Seine Gedanken kreisen immer um den Seminardirektor, weil ...

GEORGE *unterbricht sie*: ... weil George nicht Seminardirektor ist, sondern nur ein kleiner, gewöhnlicher Professor. Wir haben das alles schon durchgenommen, als ihr oben wart, um euch zurechtzumachen. Wir brauchen es wirklich nicht wiederzukäuen.

MARTHA: Gut, mein Schatz, gut, reg' dich wieder ab ... es nützt dir sowieso nichts mehr. *Zu den andern:* George ist als Geschichtsprofessor so auf den Hund gekommen ... – tiefer geht's nicht mehr! Er steckt bis zum Hals im Mist, mit dem die andern nichts zu tun haben wollen. Sie haben ihn zu ihrem Handlanger degradiert. *Zu George:* Mein Mist-Handlanger. Mein kleiner süßer Handlanger!

GEORGE *beherrscht sich mit aller Kraft und fragt dann, als ob sie nichts anderes gesagt hätte, als: »George, mein Schatz ...«*: Ja, Martha? Kann ich etwas für dich tun?

MARTHA *amüsiert sich über ihn*: Ach ... du kannst mir Feuer geben, wenn du Lust hast.

GEORGE *überlegt ... und läßt es dann bleiben*: Nein ... es hat alles seine Grenzen. Bis zu einem gewissen Grad können Menschen Demütigungen einstecken, ohne auf der guten alten Leiter der menschlichen Entwicklung ... – *ein schnelles Apart zu Nick* ... was übrigens in Ihr Spezialgebiet gehört ... – *Zurück zu Martha* ... ohne auf der Leiter der menschlichen Evolution einige Sprossen zurückzufallen. Das ist eine ganz eigentümliche Leiter, Martha ...: wer einmal 'runtergefallen ist, kommt nie mehr hinauf.

Martha schickt ihm gnädig einen Handkuß.

Ich bin gerne bereit, nachts dein Händchen zu halten, wenn du Angst vor dem schwarzen Mann hast ... Ich schleppe nach Mitternacht gern die leeren Ginflaschen hinaus, damit niemand merkt, wieviel du trinkst ... Aber Feuer gebe ich dir nicht und – wie man so schön sagt – damit basta!

Kurze Pause.

MARTHA *unterdrückt*: Menschenskind! *Ohne Übergang zu Nick:* Sie haben 'mal Rugby gespielt, hm?

PUTZI *da Nick in Gedanken versunken ist*: Schatz ...!

NICK: Bitte ...? Ach so ... ja ... Ich war Verteidiger ... Aber ich war eigentlich ... ein viel besserer Boxer.

MARTHA *mit großer Begeisterung*: Boxer?! Hast du das gehört, George?

GEORGE *resigniert*: Ja, Martha.

MARTHA *zu Nick, mit eigenartiger Eindringlichkeit und Begeisterung*: Sie müssen ein guter Boxer gewesen sein ... ich meine, Sie sehen nicht so aus, als ob Sie je 'was abgekriegt hätten.

PUTZI *stolz*: Er war akademischer Meister im Halbschwergewicht.

NICK *verlegen*: Putzi ...

PUTZI: Das warst du doch, oder?!

MARTHA: Sie sind immer noch gut in Schuß, scheint mir ... nicht? Hab' ich nicht recht?

GEORGE *mit Nachdruck*: Martha ...! Der Anstand gebietet ...

MARTHA *unterbricht ihn, ohne den Blick von Nick zu lassen*: Ach, halt doch die Klappe! *Wieder zu Nick:* Na, hab' ich nicht recht? Sie sind doch immer noch gut trainiert, nicht?

NICK *ungehemmt ... er ermutigt sie beinahe*: Ich glaube schon. Bis jetzt sind noch keine Klagen gekommen.

MARTHA *mit verstecktem Lächeln*: Nein?!

NICK: Nein.

PUTZI: Er hat ganz harte Muskeln.

MARTHA *immer noch mit dem gleichen Lächeln ... es besteht eine ganz eigene Beziehung zwischen ihr und Nick*: So? Wunderbar.

NICK *in sich selbst verliebt, aber nicht eigentlich für Martha bestimmt:* Ja, ja ... Man kann nie wissen ... *Er zuckt die Achseln.*

MARTHA: ... man kann nie wissen, wozu's gut ist, hm?

NICK: Ich wollte eigentlich sagen ...: Warum soll man sich schon vor der Zeit gehenlassen?

MARTHA: Wie recht Sie haben!

Sie lächeln beide, und es besteht zwischen ihnen eine Art Einverständnis.

Und ob Sie recht haben!

GEORGE: Martha, deine obszönen Anspielungen gehen wirklich ...

MARTHA: Mein kleiner George hält nicht viel von diesem Thema ... nicht, mein Schatz?

Keine Antwort.

Von Muskeln spricht er nicht gern ... Von Brustumfang und schlanker Taille und so ...

GEORGE *zu Putzi*: Gehen Sie mit mir in den Garten?

PUTZI *weist ihn neckisch zurecht*: Sie ... Sie sind ja ein ganz Schlimmer ...

GEORGE *ungläubig*: Finden Sie das lustig? *achselzuckend:* Na, gut.

MARTHA: Mein Spitzbauch dort drüben ... wird ganz unruhig, wenn das Gespräch auf Muskeln kommt. Wieviel wiegen Sie?

NICK: Hundertfünfundsiebzig ... hundertund ...

MARTHA: Immer noch die Halbschwergewichtsgrenze, hm? Prima. *Wendet sich plötzlich an George:* He, George, erzähl' doch 'mal die Geschichte von unserem Boxkampf.

GEORGE *stellt sein Glas mit einem Knall ab und geht auf die Halle zu*: Herrgottnochmal!

MARTHA: George! Erzähl's uns!

GEORGE *angewidert*: Erzähl's doch selber, Martha. Du machst das viel besser als ich. *Er geht ab.*

PUTZI: Fehlt ihm etwas?

MARTHA: Dem? Und ob! George und ich, wir hatten 'mal einen Boxkampf ... Du lieber Gott, das ist schon zwanzig Jahre her ... Wir waren damals erst ein paar Jahre verheiratet.

NICK: Einen Boxkampf? Sie beide?

PUTZI: Im Ernst?

MARTHA: Jawohl. Wir zwei beide. Im Ernst.

PUTZI *kichert und fröstelt vor freudiger Erwartung*: Das ist ja unglaublich!

MARTHA: Ja, also ... wie ich schon sagte, es ist zwanzig Jahre her. Wir standen uns natürlich nicht im Ring gegenüber, verstehen Sie ... Es war Krieg, und Papa ritt sein Steckenpferd: Körperliche Ertüchtigung. Papa hat immer sehr viel von körperlicher Ertüchtigung gehalten und tut es auch heute noch. Er sagt: »Der Mensch besteht nur zum Teil aus Kopf und Verstand ... er besitzt auch einen Körper. Und es ist seine Pflicht und Schuldigkeit, beides zu pflegen ...« Sie verstehen?

NICK: Ähem.

MARTHA: Er sagt, der Verstand funktioniere nicht, wenn der Körper nicht funktioniere.

NICK: Ganz stimmt das nicht ...

MARTHA: Vielleicht drückt er's auch ein bißchen anders aus ... auf jeden Fall ähnlich. Wie gesagt, es war Krieg, und Papa setzte sich in den Kopf, alle Männer müßten boxen lernen. Selbstverteidigung. Wahrscheinlich stellte er sich vor, für den Fall, daß die Deutschen landeten, würde das College sie mit vereinten Kräften ins Meer zurückbefördern ... oder so etwa in der Art, genau weiß ich's nicht.

NICK: Ich nehme an, es ging ihm einfach ums Prinzip.

MARTHA: Was Sie nicht sagen?! Jedenfalls ließ Papa uns eines Tages antreten, und wir gingen alle hinters Haus. Er zog selber ein Paar Boxhandschuhe über ... Papa ist sehr stark, wissen Sie ...

NICK: Ja, das habe ich sofort gesehen ...

MARTHA ... und er forderte George auf, mit ihm zu boxen, aaaber ... George wollte nicht. Wahrscheinlich hatte er Angst, er könnte seinem Brötchengeber wehtun ...

NICK: Aha ...

MARTHA: Na ja, George weigerte sich jedenfalls, und Papa sagte: »Was ist denn los, junger Mann ... was hab' ich denn da für einen Schwiegersohn?!« Und so in der Tonart ...

NICK: Ah ...

MARTHA: Und während das vor sich ging ... ich weiß bis heute nicht, warum ich's getan hab' ... schlüpfte ich auch in ein Paar Boxhandschuhe ... ich schnürte sie nicht einmal zu ... Ich schlich mich von hinten an George 'ran ... nur zum Spaß natürlich ... und ich schrie: »He, George!« Und gleichzeitig ließ ich einen rechten Schwinger los ... Ich schwör's, nur zum Spaß ...

NICK: Ach ...

MARTHA: ... und George wirbelte auf den Absätzen herum und kriegte meine Rechte direkt ans Kinn ... peng.

Nick lacht.

Das hatte ich nicht gewollt ... wirklich nicht. Aber ... peng! Direkt ans Kinn! Und George verlor das Gleichgewicht ... taumelte einige Schritte rückwärts ... und, bums, landete Kopf voran in einem Heidelbeerstrauch ... Und da lag er flach auf 'm Bauch!

Nick lacht. Putzi gibt ts, ts, ts von sich und schüttelt den Kopf.

Es war furchtbar. Es war auch komisch, aber eigentlich war's furchtbar.

Sie denkt über das Erzählte nach. Dann sagt sie mit einem kläglichen Lachen:

Wahrscheinlich hat das auf unser ganzes Leben abgefärbt. Sogar sicher! Auf alle Fälle erklärt es vieles.

George tritt wieder auf. Er versteckt die Hände hinter dem Rücken. Niemand sieht ihn.

Für ihn ist es eine gute Ausrede ... Er hat's ja wirklich zu nichts gebracht.

George nähert sich, Putzi sieht ihn.

Dabei war's ein unglücklicher Zufall ... ein vertrackter Zufall!

George zieht ein Gewehr mit kurzem Lauf hinter seinem Rücken hervor und zielt damit ruhig auf Marthas Hinterkopf. Putzi schreit ... springt auf. Nick springt auf, und gleichzeitig dreht Martha sich um und erblickt George. George drückt ab.

GEORGE: Bum!

Ein großer, gelb-roter chinesischer Sonnenschirm schießt aus dem Lauf und öffnet sich. Putzi schreit noch einmal, diesmal eher vor Erleichterung und aus Verwirrtheit.

Du bist tot! Bum! Gestorben!

NICK *lacht*: Heiliger Bimbam!

Putzi ist außer sich. Martha lacht auch ... sie bricht fast zusammen vor Lachen. George nimmt an dem allgemeinen Gelächter und Durcheinander teil, das sich nach und nach wieder legt.

PUTZI: Ach, du lieber Himmel!
MARTHA *fröhlich*: Wo hast du das her, du Strolch?!
NICK *streckt seine Hand aus*: Darf ich 'mal sehen?
George gibt ihm das Gewehr.
PUTZI: Ich bin noch nie so erschrocken, in meinem ganzen Leben nicht! Nie!
GEORGE *ein wenig zerstreut*: Ich hab's schon eine ganze Weile. Hat's dir Spaß gemacht?
MARTHA *kichert*: Du Strolch!
PUTZI *will die Aufmerksamkeit auf sich lenken*: Ich bin noch nie so erschrocken, in meinem ganzen Leben nicht! Nie!
NICK: Tolles Spielzeug ist das!
GEORGE *beugt sich zu Martha hinunter*: Das hat dir Spaß gemacht, hm?
MARTHA: Ähem, das war ganz lustig. *Sanft:* Gib mir einen Kuß.
GEORGE *zeigt auf Nick und Putzi*: Nicht jetzt, Schätzchen. Später.
Aber Martha läßt sich nicht abweisen. Sie küssen sich. George steht und beugt sich über Marthas Stuhl. Sie ergreift seine Hand und legt sie sich auf eine Brust. Er löst sich von ihr.
Ach, das willst du?! Kleines Satyrspiel für die Gäste, hm? Hm?!
MARTHA *gekränkt, böse*: Schlappschwanz!
GEORGE *ein Pyrrhussieg*: Alles zu seiner Zeit, Martha ...
MARTHA *sie spricht das Wort nicht aus*: Du ...!
GEORGE *zu Nick, der immer noch das Gewehr in der Hand hält*: Geben Sie her, ich zeig' Ihnen, wie's funktioniert. So steckt man's wieder 'rein.
Er schließt den Sonnenschirm und schiebt ihn wieder in den Lauf zurück.
NICK: Lustige Erfindung.
GEORGE *legt das Gewehr weg*: Wer will 'was trinken? Neue Runde!
Er nimmt Nick ohne zu fragen das Glas aus der Hand, geht dann zu Martha ...
MARTHA *immer noch gekränkt*: Ich hab' noch nicht ausgetrunken.

PUTZI *gibt ihr Glas George, der die Hand danach ausgestreckt hat*: Oh, ja, ich muß noch einen haben ... auf den Schreck!

George nimmt ihr das Glas ab und geht zur Bar.

NICK: Kommt das Ding aus Japan?

GEORGE: Wahrscheinlich.

PUTZI *zu Martha*: Ich bin noch nie so erschrocken, in meinem ganzen Leben nicht. Nie! Haben Sie keine Angst gehabt? Nicht 'mal ein bißchen?

MARTHA *unterdrückt ihre Wut auf George*: Ich weiß es nicht mehr.

PUTZI: Sie wollen's nur nicht zugeben. Sie haben ganz sicher auch Angst gehabt.

GEORGE: Du hast geglaubt, ich bring' dich um, nicht, Martha?

MARTHA *triefende Verachtung*: Du ...? Mich umbringen ...? Mach dich doch nicht lächerlich!

GEORGE: Vielleicht tu' ich's eines Tages.

MARTHA: Nicht einmal dazu taugst du.

NICK *nimmt das Glas, das George ihm reicht*: Wo ist das Klo?

GEORGE: Durch die Halle, hinten links.

PUTZI: Komm' du mir nur nicht mit einem Schießgewehr zurück.

NICK *lacht*: Hab' keine Angst.

MARTHA: Sie brauchen keine Requisiten, mein Junge, was?

NICK: Nein, ich glaube nicht ...

MARTHA: Ich bin sogar sicher. Sie haben kein japanisches Kinder-Schießgewehr nötig, hm?

NICK *lächelt Martha an. Dann zu George, indem er auf ein kleines Tischchen zeigt, das beim Türbogen, der in die Halle führt, steht*: Kann ich mein Glas hier abstellen?

GEORGE *während Nick, ohne eine Antwort abzuwarten, abgeht*: Ja ... natürlich ... warum denn nicht? Bei uns stehen überall halbleere Gläser 'rum ... Martha vergißt sie allenthalben ...: im Wäscheschrank, auf 'm Badewannenrand ... ich hab' sogar im Kühlschrank 'mal eins gefunden.

MARTHA: Das ist nicht wahr!

GEORGE: Doch.
MARTHA: Das ist nicht wahr!
GEORGE *gibt Putzi ihr Glas*: Doch, glaub's mir. *Zu Putzi:* Kriegen Sie von Kognak keinen Kater?
PUTZI: Nicht, wenn ich nur Kognak trinke. Ich trinke nie durcheinander. »Mische nicht, und wenn das Herz auch bricht.« *Sie lacht.*
Außerdem trinke ich ja sowieso nicht viel.
GEORGE *schneidet hinter ihrem Rücken eine Grimasse*: Da tun Sie recht daran! Ihr ... Ihr Mann hat mich über ... Chromosomen aufgeklärt ...
MARTHA *bösartig*: Über was für 'n Ding?
GEORGE: Über Chromosomen, Martha ... die Gene oder wie auch immer das heißt. *Zu Putzi:* Ihr Mann kann einem Furcht und Schrecken einjagen, sage ich Ihnen.
PUTZI *als ob sich George über sie lustig machen würde*: Ooohhh!
GEORGE: Nein, wirklich. Angst und bange kann einem werden vor lauter Chromosomen und so weiter.
MARTHA: Er ist Mathematiker.
GEORGE: Nein, Martha ... er ist Biologe.
MARTHA *mit erhobener Stimme*: Er ist Mathematiker!
PUTZI *schüchtern*: Er ist Biologe.
MARTHA *nicht überzeugt*: Sind Sie sicher?
PUTZI *kichert*: Ich müßte es ja eigentlich ... *lacht wirklich* ... wissen.
MARTHA *verdrossen*: Sollte man meinen, ja. Ich weiß nicht, wer gesagt hat, er sei Mathematiker ...
GEORGE: Du, Martha.
MARTHA *macht sich gereizt Luft*: Ich kann ja schließlich nicht alles im Kopf behalten, das kann kein Mensch von mir verlangen. Ich hab' heut' abend fünfzehn neue Lehrer kennengelernt ... ihre blödsinnigen Frauen nicht mitgerechnet ... Anwesende natürlich ausgenommen ...
Putzi nickt und lächelt dumm.
... Soll ich das alles im Kopf behalten?
Pause.
Er ist also Biologe? Um so besser. Das ist mir ja viel lieber. Biologie ist weniger ... abstrus.

GEORGE: Abstrakt.

MARTHA: Nein, abstrus! Im Sinne von verworren, dunkel, schwer verständlich!

Sie streckt George die Zunge heraus.

Du mit deiner Wortklauberei! Biologie ist ja viel besser ... Biologie ist ... ist der Nabel aller Dinge.

Nick kommt zurück.

Sie haben Ihre Hand am Nabel aller Dinge, mein Junge.

NICK *nimmt sein Glas von dem Tischchen auf, auf dem er es vorher abgestellt hat*: So?

PUTZI *kichernd*: Sie haben geglaubt, du seist Mathematiker.

NICK: Vielleicht wär' das besser.

MARTHA: Bleiben Sie, was Sie sind. Bleiben Sie ... am Nabel aller Dinge.

GEORGE: Du bist von dem Satz ja geradezu besessen, Martha ... Er ist häßlich!

MARTHA *ignoriert George ... zu Nick*: Bleiben Sie, was Sie sind. *Lacht.* Sie können ja auch als Biologe eines Tages Direktor des Geschichts-Seminars werden. Warum sollten Sie nicht das Fach wechseln? Irgend jemand muß ja schließlich einmal das Geschichts-Seminar übernehmen; und daß mein Georgie-Junge es n i c h t übernimmt, das steht schon eindeutig fest. Oder nicht, mein kleiner Handlanger?

GEORGE: Ich wünschte mir, du wärst eingemauert, Martha, einzementiert ... bis zum Hals ...

Martha kichert ...

nein, bis unter die Nasenspitze ... damit du endlich Ruhe gibst.

MARTHA *zu Nick*: Mein kleiner Georgie-Junge hat gesagt, Sie hätten ihm angst und bange gemacht, stimmt das? Wie machen Sie das?

NICK *lächelt leicht*: Ich weiß nichts davon.

PUTZI *ihre Zunge ist schon ein wenig schwer*: Es hat 'was mit deinen Chromosomen zu tun, Liebling.

NICK: Ach so, die Chromosomengeschichte.

MARTHA: Was für Chromosomen?

NICK: Chromosomen sind ...

MARTHA: Ich weiß, was Chromosomen sind, Schätzchen. Ich hab' sogar eine Schwäche für sie.

NICK: Ja, dann ...

GEORGE: Martha ißt sie ... zum Frühstück. Sie streut sie auf ihren Haferbrei. *Zu Martha:* Es ist ganz einfach, Martha. Dieser junge Mann hier arbeitet an einem Verfahren, das ermöglichen soll, die Chromosomen zu beeinflussen ... – tja, nicht er allein ... wahrscheinlich hat er einen bis zwei Mitverschwörer – ... Dieses Verfahren soll uns in die Lage versetzen, die genetische Beschaffenheit eines Samen-Zellkerns zu verändern, seine Qualität zu verbessern ... Dadurch würden Haar- und Augenfarbe vorausbestimmbar, Körperwuchs, Potenz ... Haarwuchs, Gesichts- und Charakterzüge, die Gesundheit und ... der Verstand. Der Verstand ist natürlich das wichtigste. Jede Ungleichheit wird ausgeglichen ... Anlagen zu Krankheiten werden ausgemerzt ... Langlebigkeit wird zugesichert. Es wird eine Menschenrasse sein ... im Reagenzglas erzeugt ... im Brutkasten ausgebrütet ... herrlich, erhaben!

MARTHA *sehr beeindruckt*: Ach!

PUTZI: Wie aufregend!

GEORGE: Aber ...! – Alle werden sich ziemlich ähnlich sein ... wenn nicht sogar gleich. Alle Männer werden aussehen – und darin irre ich mich bestimmt nicht – wie unser junger Mann hier.

MARTHA: Das wär' gar nicht so übel.

NICK *ungeduldig*: Jetzt machen Sie aber ...

GEORGE *unterbricht ihn*: ... einen Punkt? Noch lange nicht. Oberflächlich betrachtet, wird alles sehr hübsch sein ... fröhlich, lustig. Aber es wird auch eine Schattenseite geben: Soll das Experiment gelingen, wird man gewisse regulierende Maßnahmen treffen müssen. Man wird bei vielen Männern die Samenleiter durchschneiden müssen.

MARTHA *bedauernd*: Ooohhh!

GOERGE: Millionen und Abermillionen ... kleiner operativer Eingriffe, die nur ganz winzige Narben an der Unterseite des Hodensacks zurücklassen ...

Martha lacht.

... dafür aber die Unfruchtbarkeit der Unvollkommenen, Häßlichen, Dummen ... Untauglichen garantieren.

NICK *grimmig*: Nun wird es mir wirklich ...

GEORGE: Und so wird eines Tages eine prächtige, makellose Menschenrasse die Erde bevölkern ...

MARTHA: Ach?!

GEORGE: ... Ich fürchte, es wird keine Musik und keine Malerei geben, aber die neue Zivilisation wird Männer hervorbringen ... groß und blond, genau an der Halb-Schwergewichtsgrenze ...

MARTHA: Ach!

GEORGE: ... eine Rasse von Wissenschaftlern und Mathematikern, die sich mit ihrer ganzen Kraft dem Dienst des Fortschritts weihen ... zum Ruhme der Super-Zivilisation.

MARTHA: Bravo!

GEORGE: Ich kann mir vorstellen, daß dieses Experiment eine gewisse Freiheitsbeschränkung nach sich zieht ... Aber wenn wir eines Tages so weit sind, trachtet niemand mehr nach Eigenart ... Kultur und Rassenunterschiede werden nach und nach verschwinden ... die Ameisen beherrschen die Welt.

NICK: Sind Sie fertig?!

GEORGE *ignoriert ihn*: Und dagegen wehre ich mich natürlicherweise, so gut ich kann. Denn die Geschichte, die mein Fach ist ... die Geschichte, die in mir einen ihrer unfähigsten Interpreten hat, einen ihrer berühmtesten Versager ...

MARTHA: Ha, ha, ha!

GEORGE: ... die Geschichte verlöre damit ihre wunderbare Vielfältigkeit und Unberechenbarkeit ... Das Unerwartete ... das Überraschende, das Vielschichtige ... der Wechsel von Ebbe und Flut im ewigen Rhythmus der Geschichte würde ... würde ausgelöscht. An ihre Stelle träte die Ordnung uniformierter Gleichförmigkeit ... und dagegen wehre ich mich mit aller Kraft. Ich gebe Berlin nicht auf!

MARTHA: Du gibst Berlin auf, mein Schatz. Willst du's mit deinem Spitzbauch verteidigen?

PUTZI: Ich sehe nicht ein, was Berlin mit alledem zu tun hat. Aber ganz und gar nicht!

GEORGE: Ich kenne eine Bar in West-Berlin, da sind die Barhocker eineinhalb Meter hoch. Und die Erde ... der Fußboden ... ist ganz tief ... ganz weit unten ... Ich gebe das alles nicht auf. Ich will es nicht aufgeben. Ich werde Sie bekämpfen, junger Mann ... in der einen Hand die Hoden, um vor Ihnen sicher zu sein ... doch mit der andern bekämpfe ich Sie auf Tod und Leben.

MARTHA *macht sich über ihn lustig*: Bravo!

NICK: Und ich bin ... »die Sturmflut der Zukunft«?!

MARTHA: Klar, Schätzchen.

PUTZI *ziemlich betrunken, zu Nick*: Warum willst du das alles tun, Liebling? Du hast mir nie etwas davon gesagt!

NICK *böse*: Ach, laß mich doch zufrieden!

PUTZI *empört, gekränkt*: Oh!

GEORGE: Das untrüglichste Zeichen krankhafter Kontaktarmut ist Humorlosigkeit. Große Einzelgänger konnten nie Spaß vertragen. Lesen Sie's nach in den Geschichtsbüchern. Ich weiß es, Geschichte ist mein Fach.

NICK *zu George, er versucht, Licht in die Angelegenheit zu bringen*: Sie ... Sie verstehen nicht allzuviel von Biologie, nicht wahr?

GEORGE: Ich verstehe einiges von Geschichte. Und ich habe begriffen, daß Menschen wie Sie mir nach dem Leben trachten.

MARTHA *fast lüstern, zu Nick*: Alle Männer sehen dann aus wie Sie, hm?

NICK: Natürlich. Und aus mir wird eine personifizierte Bums-Maschine.

MARTHA: Ein hübscher Gedanke.

PUTZI *hält sich die Ohren zu*: Nicht, Liebling ... nicht ... nicht!

NICK *ungeduldig*: Es tut mir leid, Putzi.

PUTZI: Wie sprichst du denn? Es ist im höchsten Grade ...

NICK: Es tut mir leid. Bist du zufrieden?

PUTZI *schmollend*: Wenn's nicht wieder vorkommt ...
Plötzlich kichert sie blödsinnig vor sich hin. Dann zu George:
Wann ist Ihr Sohn? *Kichert wieder.*

GEORGE: Bitte?

Nick *angewidert*: Sie will irgend was über Ihren Sohn wissen.

George: Meinen Sohn?!

Putzi: Wann ist ... Wo kommt Ihr Sohn nach Hause? *Kichert.*

George: Ach so. *Zu förmlich:* Martha? Wann kommt unser Sohn nach Hause?

Martha: Das ist doch egal, mich interessiert vielmehr ...

George: Das ist ganz und gar nicht egal. Du hast davon angefangen. Wann kommt er nach Hause, Martha?

Martha: Ach, laß mich in Ruhe. Es tut mir leid, daß ich es erwähnt hab'.

George: Daß du »ihn« erwähnt hast ... nicht »es«. Du hast »ihn« erwähnt. Er ist auf deinem Mist gewachsen, mehr oder weniger. Na, wann erscheint er denn, der Fehltritt unserer Liebe? Hat er morgen nicht Geburtstag?

Martha: Ich will jetzt nicht davon reden!

George *mit gespielter Unschuld*: Martha ...

Martha: Ich will nicht davon reden!

George: Das kann ich dir nachfühlen. *Zu Putzi und Nick:* Martha redet nicht gern davon ... von »ihm« ... Es tut ihr leid, daß sie es ... »ihn« ... in die Welt gesetzt hat.

Putzi *idiotisch*: Wann kommt Ihr kleiner Fehltritt denn nach Hause? *Sie kichert.*

George: Martha ... da du schon geschmacklos genug warst, überhaupt davon anzufangen ...: wann kommt unser kleiner Fehltritt denn nach Hause?

Nick: Putzi, glaubst du nicht, du ...

Martha: George redet so geringschätzig von unserm kleinen Fehltritt, weil er ... weil er Schwierigkeiten hat.

George: So? Was hat unser Fehltritt denn für Schwierigkeiten?

Martha: Nicht unser Fehltritt ... Hör' endlich auf, ihn Fehltritt zu nennen! Nicht er, du hast Schwierigkeiten!

George *mit gespieltem Hochmut*: Das ist ja wohl das Lächerlichste, was ich je gehört hab'.

Putzi: Ich auch!

Nick: Putzi ...

Martha: Georges Schwierigkeiten bestehen darin ... sein Problem ist, daß unser kleiner...ha, ha, ha, HA! ... daß unser Sohn ... – und das frißt an seinen Eingeweiden ... – daß unser Sohn nicht von ihm sein könnte.

George *ernst*: Du bist durch und durch schlecht.

Martha: Und dabei hab' ich dir schon hunderttausendmal gesagt, mein Schatz: ich würde von keinem andern empfangen als von dir ... das weißt du doch, mein Schatz.

George: ... durch und durch.

Putzi *aus tiefem trunkenem Leid*: Du lieber, lieber Gott!

Nick: Ich glaube, das ist kein Thema für ...

George: Martha lügt. Ich will, daß Sie das wissen. Martha lügt. Es gibt sehr wenig Dinge auf dieser Welt, deren ich sicher bin ...: Staatsgrenzen, die Höhe des Meeresspiegels, politische Treue, Moralität ... für keinen dieser Begriffe würde ich die Hand ins Feuer legen ... Doch die eine Sache auf dieser untergehenden Welt, deren ich vollkommen sicher bin, ist meine Partnerschaft, meine genetische Partnerschaft in der Erzeugung unseres blond-äugigen, blau-haarigen ... Sohnes.

Putzi: Da bin ich ja so froh!

Martha: Das war eine hübsche Rede, George.

George: Danke, Martha.

Martha: Du hast dich sogar erhoben ... zur Feier des Augenblicks. Gut. Sehr gut sogar.

Putzi: Schön. Sehr schön sogar.

Nick: Putzi ...

George: Martha weiß es. Sie weiß es ganz genau.

Martha *stolz*: Ich weiß es ganz genau. Ich bin zur Schule gegangen wie andere Leute auch.

George: Marthalein war auf 'm College. Und Marthalein besuchte vorher eine Klosterschule ... als sie noch soooo klein war.

Martha: Dabei war ich Atheistin. *Unsicher:* Ich bin es immer noch.

George: Nicht Atheistin, Martha ... Heidin. *Zu Putzi und Nick:* Martha ist der einzige echte Heide der ganzen Ostküste.

Putzi: Wie nett. Ist das nicht nett, Liebling?

NICK *muntert sie auf*: Ja, sehr, sehr nett.
GEORGE: Martha bemalt ihre Dinger mit blauen Ringen.
NICK: Wirklich?
MARTHA *vorsichtig*: Manchmal. *Sie winkt ihn zu sich:* Wollen Sie's sehen?
GEORGE *mahnend, warnend*: Äh, äh, äh ...
MARTHA: Äh dich doch selber ... Du alte Schlampe.
PUTZI: Er ist keine alte Schlampe ... er kann gar keine Schlampe sein ... Sie sind eine alte Schlampe. *Kichert.*
MARTHA *droht Putzi mit dem Finger*: Nehmen Sie sich in acht!
PUTZI *fröhlich*: Gut. Ich hätt' noch gern ein Schlückchen Kognak, bitte.
NICK: Putzi, ich glaub', du hast schon genug getrunken ...
GEORGE: Unsinn! Wir trinken alle noch einen.
Er sammelt die Gläser ein und geht zur Bar.
PUTZI *Georges Echo*: Unsinn ...
NICK *achselzuckend*: Ganz wie du willst.
MARTHA *zu George*: Unser Sohn hat keine blauen Haare ... blaue Augen, meine ich. Er hat grüne Augen wie ich.
GEORGE: Seine Augen sind blau, Martha.
MARTHA *dezidiert*: Grün.
GEORGE *herablassend*: Blau, Martha.
MARTHA *bösartig*: G r ü n! *Zu Putzi und Nick:* Er hat die schönsten grünen Augen, die man sich denken kann ... Sie sind nicht etwa braun und grau gesprenkelt ... oder nußbraun ... sie sind ganz grün ... große, weite, tiefgrüne Augen ... wie ich.
NICK *schaut in ihre Augen*: Sind Ihre Augen nicht braun?
MARTHA: Nein, grün! *Ein wenig zu schnell:* Es kommt natürlich auf das Licht an, manchmal wirken sie bräunlich ... es kommt ganz auf das Licht an. Aber in Wirklichkeit sind sie grün. Nicht ganz so grün wie seine ... sie haben schon eine bräunliche Tönung ... George hat wasserblaue Augen ... milchigblau ...
GEORGE: Entweder oder, Martha ...
MARTHA: Such's dir aus. *Wieder zu den andern*: Papa hat auch grüne Augen.
GEORGE: Das stimmt nicht! Dein Vater hat winzige rote

Äuglein ... wie eine weiße Maus. Er *ist* eine weiße Maus!

MARTHA: In seiner Gegenwart würdest du dir das nicht erlauben, du Feigling!

GEORGE: Weißt du ... dieser enorme weiße Haarschopf und diese kleinen, roten Knopfaugen ... er sieht wirklich wie eine weiße Riesenmaus aus.

MARTHA: George haßt Papa ... Nicht, weil Papa ihm je etwas getan hätte, sondern wegen seiner eigenen ...

GEORGE *nickt und beendet den Satz für sie*: ... Unzulänglichkeit ...?

MARTHA *fröhlich*: Du hast den Nagel auf den Kopf getroffen.
Sieht, daß George abgehen will. Wo gehst du hin?

GEORGE *zeigt auf die leeren Flaschen*: Wir brauchen Nachschub, mein Engel.

MARTHA: Ach so.
Pause.
Dann geh nur.

GEORGE *abgehend*: Danke schön.

MARTHA *nachdem George abgegangen ist*: George ist ein guter Barmann ... eine gute Bar-Schwester ... eine Nurse ... dieser Armleuchter! Er haßt meinen Vater.

NICK *versucht abzuschwächen*: Ach, das glaube ich nicht ...

MARTHA *gekränkt*: Das ist mein völliger Ernst, ich scherze nicht. Ich scherze nie ... ich bin humorlos. *Fast schmollend:* Ich hab' Sinn für das Groteske, das Lächerliche, aber keinen Sinn für Humor! *Bekräftigend:* Ich hab' wirklich keinen Sinn für Humor!

PUTZI *strahlend*: Ich auch nicht.

NICK *ohne Überzeugungskraft*: Das stimmt nicht, Putzi ... Du hast Sinn für feinen, stillen Humor ...

PUTZI *stolz*: Danke.

MARTHA: Wollen Sie wissen, warum dieser Armleuchter meinen Vater so haßt? Soll ich's Ihnen sagen ...? Dann passen Sie auf ... ich erzähl's Ihnen ...

PUTZI *ihre Aufmerksamkeit wird wach*: Oh, fein!

MARTHA *zu Putzi, streng zurechtweisend*: Es gibt Leute, die leben vom Unglück der andern.

PUTZI *verletzt*: Das stimmt nicht!
NICK: Putzi ...
MARTHA: Um so besser ...! Haltet den Mund jetzt, ihr beide!
Pause.
So: Meine Mama starb früh, und ich wuchs allein mit Papa auf.
Pause.
Er schickte mich auf Schulen, und ich war oft lange nicht bei ihm zu Hause, aber wenn man's genau nimmt, wuchs ich doch bei ihm auf. Du lieber Gott, ich bewunderte ihn ...: Das war ein Mann! Ich verehrte ihn, ich betete ihn an! Auch heute noch. Und er liebte mich auch ... verstehen Sie? Es bestand zwischen uns eine Beziehung ... Eine echte, schöne Beziehung.
NICK: Ich verstehe.
MARTHA: Papa baute dieses College auf ... Er machte erst wirklich etwas daraus ... es ist sein Werk. Sein Lebenswerk, sein Leben. Er ist das College ...
NICK: Ähem ...
MARTHA: ... und das College, das ist er. Wissen Sie, wie hoch die Subvention war, als er es übernahm, und wie hoch sie heute ist?
NICK: Ja ... ich habe etwas darüber gelesen ...
MARTHA: Halten Sie den Mund und hören Sie zu.
Nach kurzer Überlegung: ... Schlaumeier. Ja: nachdem ich die Schulen, und was dazu gehörte, hinter mir hatte, kam ich zurück und saß hier 'rum ... Ich war weder verheiratet noch sonst was. Das heißt, ich war verheiratet gewesen ... so gut wie ... eine Woche lang. Das war in meinem zweiten Jahr an Fräulein Muffs Höherer Töchterschule ... eine kindliche Lady Chatterly-Affäre ... diese Ehe.
Nick lacht.
Er mähte Fräulein Muffs Rasen ... Er thronte hoch oben, auf einem riesenhaften Motor-Rasenmäher, völlig nackt, und mähte auf Teufelkommraus. Aber Papa und Fräulein Muff taten sich zusammen und machten der Sache ein Ende ... ohne viel Aufhebens ... ganz plötzlich ... Sie annullierten es ... — was völlig lächerlich ist ...: rück-

gängig machen kann man nur, was keine Spuren hinterlassen hat ... Wo ein Loch ist, gibt's nichts zu annullieren ...

NICK: Ha!

MARTHA: Ha! Jedenfalls: ich wurde revirginisiert, beendete Fräulein Muffs Höhere Töchterschule ... wo sie jetzt einen Gärtnerjungen weniger hatten, – was schrecklich traurig und langweilig war, eine Schande war das ... – und dann kam ich zurück und saß hier 'rum. Ich spielte Hausfrau für Papa und kümmerte mich um ihn ... sorgte für ihn ... Das war schön. Das war sehr schön.

NICK: Ja, ich verstehe ...

MARTHA: Wieso? Was verstehen Sie? Sind Sie dabei gewesen?

Nick zuckt hilflos die Achseln.

Sie Hans-Dampf-in-allen-Gassen?!

Nick lächelt leicht.

Und da nahm ich mir vor, schon damals, ins College einzuheiraten. Das schien mir nicht so dumm, wie es sich später leider 'rausstellte. Wissen Sie, Papa hatte Sinn für Tradition ... für Kontinuität ... – Kommen Sie her ... setzen Sie sich zu mir ...

NICK *zeigt auf Putzi, die kaum mehr bemerkt, was um sie her vorgeht*: Ich ... äh ... ich ... glaube nicht, daß das richtig wäre ... besser nicht ...

MARTHA: Wie Sie wollen. Er hatte Sinn für Kontinuität ... für Tradition ... und er hatte schon immer mit dem Gedanken gespielt, sich einen Nachfolger zu erziehen ... einen Thronfolger ... Verstehen Sie, was ich meine?

NICK: Ja.

MARTHA: Ein ganz natürlicher Gedanke. Wenn man etwas aufgebaut hat, möchte man es weitergeben, man wünscht sich die Fortdauer des Geschaffenen. Ich hielt also Ausschau nach ... nach einem Mann ... einem Kronprinzen. *Sie lacht.* Es war dabei gar nicht nötig, daß der Erkorene mich hätte heiraten müssen, darauf bestand Papa ganz und gar nicht. Ich war nicht das Faustpfand ... das eingelöst werden mußte, wenn einer den Preis erringen wollte. Aber im stillen wünschte ich es mir ... Doch die meisten neuen Lehrer brachten ihre Frauen schon mit, sie waren schon verheiratet ... natürlicherweise.

NICK: Natürlich ...

MARTHA *mit merkwürdigem Lächeln*: Wie Sie, mein Junge.

PUTZI *gedankenloses Echo*: Wie du, mein Junge.

MARTHA *ironisch*: Und dann kam eines Tages George des Wegs ... George kam des Wegs ...

GEORGE *kommt mit neuen Schnapsflaschen zurück*: »... George kommt des Wegs, mit Schnaps beladen ...« Was treibst du denn jetzt, Martha?

MARTHA *unbeirrt*: Ich erzähl' eine Geschichte. Setz dich ... da kannst du 'was lernen.

GEORGE *bleibt stehen. Er stellt die Flaschen auf die Bar*: Mach' nur weiter.

PUTZI: Sie sind zurückgekommen!

GEORGE: Natürlich.

PUTZI: Schatz! Er ist zurückgekommen!

NICK: Ja, ich seh's ... das seh' ich.

MARTHA: Wo war ich stehengeblieben?

PUTZI: Ich bin ja so froh!

NICK: Pscht!

PUTZI *kopiert ihn*: Pscht!

MARTHA: Ja, jetzt weiß ich's wieder: George kam des Wegs, richtig. Und er war jung ... intelligent ... er hatte einen dicken Haarschopf ... und auf seine Weise war er sogar hübsch, wenn Sie sich das vorstellen können ...

GEORGE: ... und jünger als du ...

MARTHA: ... und jünger als ich ...

GEORGE: ... sechs Jahre ...

MARTHA: ... sechs Jahre ... Ich hab's längst überwunden, George ... Eines Tages kam er des Wegs, mit strahlenden Augen, und lehrte Geschichte. Und wissen Sie, was ich dumme Pute tat? Können Sie sich das vorstellen? Ich flog auf ihn!

PUTZI *verträumt*: Wie schön.

GEORGE: Sie flog auf mich. Das hätten Sie sehen müssen. Sie saß nachts auf dem Rasen vor meinem Fenster und heulte und jaulte und biß ins Gras ... An Arbeiten war gar nicht zu denken.

MARTHA *lacht, wirklich belustigt*: Ich flog wirklich auf ihn ... auf es ... auf das da.

GEORGE: Tief in ihrem Innern ist Martha eigentlich romantisch veranlagt.

MARTHA: Das stimmt ... – Ich bin wirklich und wahrhaftig auf ihn geflogen. Und die Verbindung schien mir auch so vernünftig, so praktisch. Ich hab' Ihnen ja erzählt, daß Papa einen Kronprinzen suchte ...

GEORGE: Augenblick, Martha ...

MARTHA: ... der eines Tages sein Nachfolger werden sollte ...

GEORGE *eisig*: Einen Augenblick, Martha ...

MARTHA: ... wenn er sich zur Ruhe setzen würde, und ich dachte ...

GEORGE: Hör' auf, Martha!

MARTHA *irritiert*: Was willst du?

GEORGE: Ich hab' gemeint, du erzählst die rührende Geschichte unserer glücklichen Verlobungszeit, Martha ... Ich hab' nicht gewußt, daß du wieder mal dein altes Steckenpferd reitest.

MARTHA *gleichmütig*: Na, und?

GEORGE: Ich würd' es lassen, wenn ich an deiner Stelle wär'.

MARTHA: Du bist aber nicht an meiner Stelle!

GEORGE: Du hast heute schon einmal aus der Schule geplaudert ... Du weißt, was ich meine ...

MARTHA *wie eine Ente*: Was? Was?

GEORGE: Deinen Augapfel meine ich ... unsern Sprößling ... unsern Fehltritt ... *Er spuckt es aus.* ... unsern Sohn ...! Wenn du jetzt noch mit dieser anderen Geschichte anfängst ... – Ich warne dich, Martha – gleich werde ich sehr böse ...

MARTHA *lacht ihn aus*: Ach! Du wirst böse, sieh 'mal einer an!

GEORGE: Ich warne dich.

MARTHA *ungläubig*: Du ... du ... was?

GEORGE *sehr ruhig*: Ich warne dich.

NICK: Finden Sie es wirklich nötig, daß wir ...

MARTHA: Ich bin gewarnt, ich werde mich in acht nehmen! *Pause ... dann zu Putzi und Nick:*
Also jedenfalls heiratete ich diesen Armleuchter ... und ich machte mir einen Plan: Er war mein Auserwählter und sollte abgerichtet werden. Eines Tages würde er in

Papas Fußstapfen treten ... Ich dachte mir das so: zuerst Direktor des Geschichts-Seminars und dann, nach Papas Rücktritt, Präsident des College.
Zu George, der an der Bar steht und ihr den Rücken zuwendet:
Bist du böse, mein Schatz? Hm? *Zurück zu Nick:* So hatte ich mir das vorgestellt. Ganz einfach. Und Papa hielt es auch für eine gute Idee, wenigstens am Anfang. Bis er sich seinen Schwiegersohn richtig angesehen hatte!
Wieder zu George:
Bist du jetzt sehr böse? *Zurück zu Nick:* Bis er sich seinen Schwiegersohn genau angesehen hatte ... Was bewirkte, daß er die Idee nicht mehr ganz so gut fand, sondern dachte, daß unser Georgie-Junge vielleicht nicht das Zeug habe, um ... – daß er es einfach nicht in sich habe!

GEORGE *steht immer noch abgewendet, mit dem Rücken zu den andern*: Hör' auf, Martha.

MARTHA *bösartiger Triumph in der Stimme*: Einen Dreck werde ich! George hatte keinen ... keinen Mumm in den Knochen ... er war zu wenig draufgängerisch. Kurz: er war ein ... *Sie schleudert George das Wort in den Rükken.*
... Versager! Ein großer ... dicker ... fetter ... Versager!
Krach! Auf den letzten »Versager« zerbricht George eine Flasche, bleibt aber in der gleichen Stellung stehen, mit dem Rücken zu den andern, und hält den abgebrochenen Flaschenhals in der Hand. Es entsteht eine Pause, alle sind erstarrt. Dann ...:

GEORGE *beherrscht sich mit aller Kraft*: Ich habe dir gesagt, du sollst aufhören, Martha.

MARTHA *überlegt sich kurz, was für einen Ton sie anschlagen soll*: Ich hoffe, die Flasche war leer, George. Du kannst dir nicht leisten, unsern guten Schnaps so zu vergeuden ... nicht mit deinem Monatsgehalt ...
George läßt den Flaschenhals, ohne sich zu bewegen, zu Boden fallen.
... vielleicht könntest du's als Seminardirektor ... aber nicht so ...

Zu Nick und Putzi: Er war für nichts zu gebrauchen ... weder bei Essen, die Papa für den Aufsichtsrat gab, um Gelder für die Schule zu beschaffen, noch sonstwo ... Er besaß überhaupt keine Persönlichkeit ... Und das enttäuschte Papa sehr, das können Sie sich vorstellen. Und ich ... ich bin mit dem Versager sitzengeblieben ...

George *dreht sich um*: ... Sprich nicht weiter, Martha ...

Martha: ... diesem geschichtlichen Versager ...

George: ... Hör' auf, Martha, hör' auf ...

Martha *hebt die Stimme, um George zu übertönen*: ... der die Tochter des Schulpräsidenten heiratete; von dem etwas erwartet wurde, der sich als Niemand entpuppte, als Bücherwurm, als verträumter, zerstreuter Professor; aus dem nichts geworden ist, der keinen Funken Mumm in den Knochen hat, auf den niemand stolz ist ...! Bist du zufrieden, George?

George *singt immer lauter, um Martha zu übertönen*: Ich habe dich gewarnt ... Ich hab' gesagt, hör' auf! *Singt:* »Wer hat Angst vor Virginia Woolf, Virginia Woolf, Virginia Woolf, wer hat Angst vor Virginia Woolf, Virginia Woolf, Virginia Woolf, wer hat Angst vor Virginia Woolf ... *George und Putzi, die betrunken einfällt:* La, la, la, la, la ... Wer hat Angst vor Virginia Woolf, Virginia Woolf, Virginia Woolf ...«

Martha: Aufhören!

Kurze Stille.

Putzi *steht auf und geht zum Türbogen, der in die Halle führt*: Mir wird schlecht ... Mir wird schlecht ... *Sie geht ab.*

Nick *geht ihr nach*: Herrgottnocheins!

Er geht ab.

Martha *geht den beiden nach, dreht sich nach George um und schaut ihn mit Verachtung an*: Du heiliger Strohsack! *Sie geht ab. George bleibt allein auf der Bühne.*

Vorhang

ZWEITER AKT

Georg ist allein auf der Bühne. Nick tritt auf.

NICK *nach einer Pause*: Es geht ihr wieder besser.
Keine Antwort.
Sie darf einfach nicht soviel trinken.
Keine Antwort.
Sie kann überhaupt nichts vertragen ... Sie ist zu schwach ...
Keine Antwort.
... Zu schmalhüftig, wie Sie es ausdrücken.
George lächelt leicht.
Es tut mir außerordentlich leid.

GEORGE *ruhig*: Wo ist mein süßes Herzblatt? Wo ist Martha?

NICK: Sie macht Kaffee ... in der Küche. – Es wird ihr immer gleich übel.

GEORGE *abwesend*: Martha? O nein ... Martha ist noch nie übel geworden. Die war noch keinen Tag krank, in ihrem ganzen Leben nicht. Der wird nur übel, wenn sie an ihre längst fällige Entziehungskur denkt.

NICK *auch ruhig*: Ich meine ja nicht Ihre Frau ... Meiner Frau wird immer gleich übel. Ihre Frau heißt Martha.

GEORGE *bedauernd*: Ja ... ich weiß.

NICK *rein rhetorische Frage*: Sie braucht doch nicht im Ernst eine Entziehungskur?

GEORGE: Ihre Frau?

NICK: Nein, Ihre.

GEORGE: Ach, meine?
Pause.
Nein, nein, natürlich nicht ... Obwohl ...: ich an Marthas Stelle ... – aber ich bin nicht an ihrer Stelle, also laß ich's.
Pause.
Um ganz offen zu sein: Ich verkröche mich noch so gern für eine Weile in einem Sanatorium ... Es ist oft allerhand los bei uns.

NICK *kühl*: Das kann ich mir vorstellen.

GEORGE: Eine kleine Kostprobe haben Sie ja schon genossen.

NICK: Ich gebe mir die größte Mühe ...

GEORGE: ... nicht mit hineingezogen zu werden? Haben Sie das sagen wollen?

NICK: Ja, das hab' ich sagen wollen.

GEORGE: Ich kann's Ihnen nachfühlen.

NICK: Es ist mir im höchsten Grad peinlich.

GEORGE *sarkastisch*: Ach? Wirklich?

NICK: Ja. Wirklich. Außerordentlich peinlich.

GEORGE *äfft ihn nach*: Ja. Wirklich. Außerordentlich peinlich. *Dann, zu sich selber:* Es ist widerlich!

NICK: Bitte! Ich habe überhaupt nichts ...

GEORGE: Wi-der-lich! *Leise, aber sehr intensiv:* Glauben Sie, mir macht das Spaß ...? Dieses ... wie soll ich es nennen ...? ... dieses jämmerliche Theater ...: wenn sie mich bloßstellt bis zur Lächerlichkeit ... mich abkanzelt ... kein gutes Haar an mir läßt ... vor allen ...
mit einer geringschätzigen Handbewegung:
... vor Ihnen? Glauben Sie, das macht mir Spaß?

NICK *kalt, unfreundlich*: Nein, das kann ich mir kaum vorstellen.

GEORGE: Das können Sie sich kaum vorstellen, hm?

NICK *feindselig*: Nein. Das kann ich mir wirklich nicht vorstellen!

GEORGE *vernichtend*: Ihre Anteilnahme bewegt mich tief ... Ihr Mitgefühl rührt mich zu Tränen! Zu großen, salzigen, unwissenschaftlichen Tränen!

NICK *mit großer Verachtung*: Ich seh' nicht ein, warum Sie das Bedürfnis haben, Außenstehende damit zu beglücken.

GEORGE: Ich?

NICK: Wenn Sie und Ihre ... Frau ... das Verlangen haben, sich wie zwei ...

GEORGE: Ich? Ich hab' das Verlangen?!

NICK: ... zwei wilde Tiere aufzuführen, warum tun Sie's nicht, wenn niemand ...

GEORGE *lacht in seinem Zorn*: Sie kleiner, scheinheiliger Spießer ...

NICK: Ich hab' die Nase voll!

Stille.

Gehen Sie nicht zu weit!

GEORGE: ... Sie selbstgerechter ... selbstgerechter Wissenschaftler!

NICK: Ich hab' noch nie einen Älteren geschlagen ...

GEORGE: Ach. *Er denkt darüber nach.* Sie schlagen nur die Jüngeren ... und Kinder, Frauen, Vögel ...

Bemerkt, daß Nick gar nicht auf ihn eingeht.

Wahrscheinlich haben Sie recht: es ist sicher kein hübscher Anblick ... Zwei mittelalterliche Menschen, die aufeinander 'rumhacken, mit roten Gesichtern und völlig außer Atem ...

NICK: Das würd' ich nicht sagen. Sie und Ihre Frau haben eine glänzende Technik. Sie machen das perfekt. Sie haben mich sehr beeindruckt.

GEORGE: Sie lassen sich leicht beeindrucken, scheint mir. Leicht ... und gern. So ein Spektakel weckt wahrscheinlich Ihre wissenschaftliche Neugier, Ihren sportlichen Forscherdrang.

NICK *mit hartem Lächeln*: Man interessiert sich oft für Dinge, die im Grunde nicht dem eigenen Geschmack entsprechen. Meiner Ansicht nach ist Masochismus kein sehr schöner Zeitvertreib, aber ...

GEORGE: ... aber einem guten Sadisten können Sie Ihre Bewunderung nicht versagen?

NICK: Ja ... das stimmt.

GEORGE: Ihre Frau kotzt oft, hm?

NICK: Das hab' ich nicht gesagt ... Ich hab' gesagt, es wird ihr immer gleich übel.

GEORGE: Ach so. Ich hab' gemeint, »es wird ihr übel« heißt ...

NICK: Also gut, ja ... sie bricht oft. Wenn's mal anfängt, gibt's kein Halten mehr ... das geht dann so weiter ... stundenlang ... Nicht ununterbrochen natürlich ... aber in regelmäßigen Abständen.

GEORGE: So wissen Sie wenigstens immer, wie spät es ist ... Sie haben Ihre Privat-Gedächtniskirche.

NICK: Ja, es hat alles seine gute Seite.

GEORGE: Noch 'was zu trinken?
NICK: Warum nicht ...
Unbeteiligt, aber mit einem Anflug von Angewidertsein, während George sein Glas nimmt und zur Bar geht.
Ich hab' sie geheiratet, weil sie schwanger war.
GEORGE: Ah.
Pause.
Aber Sie haben doch gesagt, Sie haben keine Kinder ... Als ich Sie fragte, sagten Sie ...
NICK: Sie war nicht ... richtig ... schwanger. Es war eine hysterische Schwangerschaft ... Eines Tages war sie plötzlich aufgeblasen wie ein Luftballon ...
GEORGE: Und Sie haben sie geheiratet, als sie noch aufgeblasen war?
NICK: Ja. Und dann ließ sie die Luft wieder 'raus.
Sie lachen beide, und sie sind beide erstaunt darüber.
GEORGE: Whisky?
NICK: Ja, bitte.
GEORGE *immer noch an der Bar*: Als ich sechzehn war und in der Mittelschule, zur Zeit der Punischen Kriege, fuhren wir am ersten Ferientag immer nach New York, eine ganze Bande von uns, bevor wir dann in die verschiedensten Richtungen auseinanderstoben, dem häuslichen Herd entgegen. Und am Abend gingen wir, die ganze Bande, in eine Whisky-Spelunke, die dem Gangster-Vater eines Klassenkameraden gehörte ... – Das war zur Zeit der großen Trockenheit, des großen Experiments Prohibition genannt ... eine schlechte Zeit für Schnaps-Lobbyisten, aber eine sehr gute Zeit für Gangster und Polizisten ... – Wir gingen also in diese Whisky-Spelunke und tranken mit den Erwachsenen und hörten verzückt der Jazzmusik zu. An einem dieser Abende war ein fünfzehnjähriger Junge dabei, der einige Jahre zuvor mit einem Gewehr seine Mutter umgebracht hatte ... zweifellos ein unglücklicher Zufall ... er hatte überhaupt keine Veranlassung dazu. Auch mit seinem Unterbewußtsein hatte es nichts zu tun, er hatte überhaupt kein Motiv, es war absolut ein unglücklicher Zufall, zweifellos ... An einem dieser Abende also war dieser Junge dabei, und wir bestellten

die Getränke, und als die Reihe an ihn kam, bestellte er: Wichse ... Wichse, bitte ... Wichse mit Soda. Wir bogen uns vor Lachen ... Er war blond und sah aus wie ein Engel ... Und wir lachten aus vollem Halse, und er wurde über und über rot, das Blut schoß ihm ins Gesicht, und der Ober ... – Obergangster, der die Bestellung entgegengenommen hatte, erzählte den Leuten am Tisch nebenan, was der Junge trinken wollte, worauf die auch lachten und es weitererzählten. Das Gelächter schwoll an; je mehr Leute die Geschichte hörten, desto größer das Gelächter; und niemand lachte lauter als wir, und von uns niemand lauter als der Junge, der seine Mutter erschossen hatte. Und natürlich hatte es sich bald in der ganzen Spelunke herumgesprochen, warum alle so lachten, und jedermann bestellte Wichse mit Soda und schrie vor Lachen, wenn er's getan hatte. Das Gelächter legte sich mit der Zeit natürlich, aber es verstummte nie ganz; da und dort flackerte es immer wieder auf, wenn Wichse mit Soda bestellt wurde, so daß es dauernd neue Kreise zog. In dieser Nacht brauchten wir unsere Getränke nicht zu bezahlen, wir wurden eingeladen. Der Gangster-Vater unseres Klassenkameraden lud uns sogar zu Champagner ein. Am nächsten Tag war uns allen natürlich sehr schlecht, und jeder litt auf der Heimreise ganz für sich allein an einem ausgewachsenen Kater ... Aber es war der schönste Tag meines ... meiner Schulzeit.

Mit dem letzten Wort gibt er Nick sein Glas.

NICK *sehr ruhig*: Danke schön. Was ist aus dem Jungen geworden ...? Aus dem Jungen, der seine Mutter umgebracht hat?

GEORGE: Das erzähl' ich Ihnen nicht.

NICK: Wie Sie wollen.

GEORGE: Im Sommer darauf raste er, seinen Lernfahrausweis in der Tasche und seinen Vater neben sich auf dem Vordersitz, auf einer Landstraße in einen dicken Baum, weil er einem Stachelschwein ausweichen wollte.

NICK *fast bittend*: Nein ...!

GEORGE: Er kam natürlich nicht um dabei. Als er im Krankenhaus das Bewußtsein wiedererlangt hatte und außer

Lebensgefahr war, und man ihm sagte, daß sein Vater umgekommen sei, brach er – wie mir erzählt wurde – in wildes Gelächter aus und konnte sich nicht beruhigen, bis man ihm eine Spritze verpaßte. Erst als er das Bewußtsein wieder verlor, legte sich sein Lachkrampf und verstummte schließlich ganz. Und als er soweit hergestellt war, daß man ihn, falls er sich gewehrt hätte, gefahrlos transportieren konnte, brachte man ihn in ein Irrenhaus. Das war vor dreißig Jahren.

NICK: Ist er immer noch dort?

GEORGE: Ja. Man hat mir erzählt, daß er in diesen dreißig Jahren ... keinen Ton von sich gegeben hat.

Eine ziemlich lange Pause. Fünf Sekunden, bitte. Dann ruft George:

Martha!

Pause.

Martha!

NICK: Sie ist in der Küche und macht Kaffee.

GEORGE: Für Ihre hysterische Frau ... die sich aufbläht und dann die Luft wieder 'rausläßt.

NICK: Das war einmal.

GEORGE: Seit der Heirat nicht mehr?

NICK: Nein. Seither ... überhaupt nichts mehr.

GEORGE *nach einer Pause, in der George Nick mit aufrichtiger Anteilnahme betrachtet*: Das traurigste an den Männern ist ... nein, nicht das traurigste, aber eins vom traurigsten ... ist, wie sie altern, die meisten wenigstens. Mit den Verrückten ist das anders. Wissen Sie das? Harmlose Verrückte altern nicht.

NICK: Nicht?

GEORGE: Sie verändern sich nicht ... sie werden nicht älter.

NICK: Das ist unmöglich.

GEORGE: Na ja, sie altern natürlich auch ... aber sehr viel langsamer ... Der heitere Gleichmut, mit dem sie das Leben hinnehmen, erhält ihren Wangen eine jugendlich-rosige Frische ... ihre ursprünglichen Anlagen liegen ungenutzt brach ... und deshalb verbraucht sich ihr Körper weniger schnell.

NICK: Beneiden Sie diese armen Irren?

GEORGE: Nein, um Gottes willen. Aber traurig ist es doch ...
Wie ein Marktschreier:
Meine Damen und Herren, wir müssen den Tatsachen des Lebens standhaft ins Auge blicken!
Pause.
Martha hat keine hysterischen Schwangerschaften.

NICK: Meine Frau hatte nur eine.

GEORGE: Ja. Aber Martha hat überhaupt keine.

NICK: Jetzt bestimmt nicht mehr ... Haben Sie noch mehr Kinder? Haben Sie auch eine Tochter?

GEORGE *als ob Nick einen Witz gemacht hätte*: Ob wir was haben?

NICK: Ich meine ... haben Sie nur ein Kind ...? Nur den Sohn?

GEORGE *merkwürdig*: Ja ... nur eins, den Jungen ... unseren Sohn.

NICK *achselzuckend*: Na ja, immerhin ... das ist doch wenigstens etwas.

GEORGE: Oh-ho! Er ist unsere Stütze! Unser ganzer Trost ... der kleine Dreschflegel.

NICK: Der ... was?

GEORGE: Dreschflegel. Das verstehen Sie nicht. *Überdeutlich:* Dreschflegel.

NICK: Ich hab's schon beim erstenmal gehört ... Ich hab' ja nicht gesagt, ich bin taub, ich hab' gesagt, ich versteh's nicht.

GEORGE: Das haben Sie ganz und gar nicht gesagt.

NICK: Ich hab' mit andern Worten ausdrücken wollen, daß ich nicht verstehe, weshalb Sie ihn so nennen. *Unterdrückt:* Herrgottnocheins!

GEORGE: Warum sind Sie plötzlich so gereizt?

NICK *gereizt*: Es tut mir leid.

GEORGE: Ich hab' doch nur gesagt, unser Sohn ... unser Augapfel ... – der Apfel unserer drei Augen, denn Martha ist ein Zyklop ... – unser Sohn sei ein Dreschflegel, und schon sind Sie gereizt.

NICK: Es tut mir leid! Es ist spät, ich bin müde, ich trinke seit neun Uhr abends, meine Frau kotzt, die Aufregung und das Geschrei hier ...

GEORGE: Und da sind Sie nun eben gereizt, das ist ja kein Wunder. Machen Sie sich nichts draus. Unsere Gäste sind zum Schluß immer gereizt. Daran hab' ich mich längst gewöhnt, ich erwarte es gar nicht anders. Sie haben überhaupt keinen Grund, so aufgeregt zu sein.

NICK *gereizt*: Ich bin nicht aufgeregt.

GEORGE: Sie sind gereizt.

NICK: Ja.

GEORGE: Ich möchte etwas klarstellen ... Solange die lieben kleinen Mädchen draußen sind ... Ich möchte richtigstellen, was Martha vorher auf völlig verdrehte Weise erzählt hat.

NICK: Ich maße mir kein Urteil an über Sie. Sie brauchen mir wirklich nichts zu erklären ... Es sei denn ...

GEORGE: Ja, ich möchte es gern. Ich weiß, Sie wollen nicht mit hineingezogen werden ... Sie möchten sich Ihre wissenschaftliche Unparteilichkeit bewahren ... Ihre Objektivität dem – da mir nichts besseres einfällt – dem Leben gegenüber usw. ... Ich möchte aber dennoch etwas richtigstellen ...

NICK *ein hartes, förmliches Lächeln*: Ich bin Ihr Gast. Bitte.

GEORGE *mit geheuchelter Wertschätzung*: Danke schön. Mir wird ganz warm ums Herz.

NICK: Fangen Sie schon wieder an ...?!

MARTHAS STIMME: Hallo!

NICK: Wenn Sie wieder damit anfangen ...

GEORGE: Hören Sie?! Der Urwald ruft!

NICK: Was?

GEORGE: Tierlaute!

MARTHA *steckt den Kopf ins Zimmer*: Hallo!

NICK: Ach so!

GEORGE: Unsere barmherzige Samariterin!

MARTHA: Halt den Schnabel! *Zu Nick:* Wir sind in der Küche und trinken Kaffee. Wir kommen dann wieder.

NICK *bleibt sitzen*: Kann ich ... kann ich irgend etwas tun?

MARTHA: Ach wo! Bleiben Sie hier und hören Sie sich Georges Lesart der Geschichte an. Langweilen Sie sich ruhig zu Tode!

GEORGE: Monstre!

MARTHA: Cochon!
GEORGE: Bête!
MARTHA: Canaille!
GEORGE: Putain!
MARTHA *mit einer verächtlichen, abwehrenden Handbewegung*: Aaachchch! Schaut zu, wie ihr ohne uns fertig werdet ... wir kommen dann wieder. *Im Abgehen:* Hast du die Sauerei aufgeräumt, die du angerichtet hast, George?
GEORGE *Martha geht ab. George ruft hinter ihr her*: Nein, Martha, ich hab' noch nicht aufgeräumt! Ich versuche seit Jahren, die Sauerei aufzuräumen, die ich angerichtet habe.
NICK: Wirklich?
GEORGE: Hm?
NICK: Versuchen Sie's wirklich seit Jahren?
GEORGE *schaut ihn nach einer langen Pause an*: Das tägliche Brot: Kompromißbereitschaft, Anpassung ... das scheint die goldene Lebensregel zu sein, nicht wahr?
NICK: Schließen Sie bitte von sich nicht auf mich!
GEORGE: Ach.
Pause.
Nein, natürlich nicht. Bei Ihnen ist alles viel einfacher. Sie heiraten eine Frau, weil sie einen dicken Bauch hat ... während ich, in meiner ungeschickten, altmodischen Art ...
NICK: Das war nicht der einzige Grund!
GEORGE: Nicht? Sie hat also auch Geld, hm?
NICK *scheint gekränkt. Dann, kurz entschlossen*: Ja.
GEORGE: Ja? *Fröhlich:* Hab' ich recht? Hab' ich ins Schwarze getroffen?
NICK: Wissen Sie ...
GEORGE: Menschenskind, ein Meisterschuß! Und dazu noch beim erstenmal! Wie find' ich das denn?!
NICK: Sie müssen wissen ...
GEORGE: Es gab noch mehr Gründe ...
NICK: Ja.
GEORGE: ... die alles andere aufwogen?
NICK: Ja.
GEORGE: Gründe gibt es immer.
Sieht, daß Nick sauer reagiert.
Nein, nein, sicher gibt es noch andere Gründe, ich wollte

Sie nicht verletzen. Alles hat eine Licht- und eine Schattenseite. Nehmen Sie Marthas und meinen Fall, zum Beispiel . . .: Oberflächlich betrachtet . . .

NICK: Wir sind zusammen aufgewachsen, wissen Sie . . .

GEORGE: . . . oberflächlich betrachtet, sieht es aus wie eine völlig verfahrene Ehe, die in den letzten Zügen liegt . . .

NICK . . . wir kannten uns schon, als wir – ach du lieber Gott –, als wir sechs waren, oder was weiß ich . . .

GEORGE . . . aber wenn man der Sache auf den Grund geht, zurück zum Anfang, als ich nach Neu-Karthago kam . . .

NICK *irritiert*: Es tut mir leid.

GEORGE: Hm? Ach so . . . Nein, nein . . . mir tut es leid. Verzeihen Sie.

NICK: Bitte. Aber es war wirklich mein Fehler.

GEORGE: Nein, nein, meiner. Bitte, erzählen Sie weiter.

NICK: Nein, Sie müssen . . .

GEORGE: Ich bestehe darauf. Sie sind mein Gast. Sie haben den Vortritt.

NICK: Es kommt mir jetzt plötzlich so dumm vor . . .

GEORGE Unsinn!

Pause.

Wenn Sie erst sechs waren, kann Ihre Frau ja nicht älter als vier gewesen sein . . .?

NICK: Vielleicht war ich acht und sie . . . sie war sechs . . . Wir haben . . . wir haben zusammen Doktor gespielt.

GEORGE: Das ist ein guter Anfang zu gesunden Beziehungen zum andern Geschlecht.

NICK *lacht*: Das find' ich auch.

GEORGE: Sie waren schon damals ein kleiner Wissenschaftler, hm?

NICK *lacht*: Ja. Alle hatten es immer als selbstverständlich betrachtet . . . unsere Familien, und ich glaube, auch wir . . . und deshalb taten wir's eben.

GEORGE *Pause*: Was?

NICK: Wir heirateten.

GEORGE: Mit acht?

NICK: Nein, natürlich nicht. Viel später.

GEORGE *lachend*: Ich hab' mich schon gewundert.

NICK: Wir hatten nie ein besonders leidenschaftliches Verhältnis. Nicht einmal am Anfang ... – in unserer Ehe, meine ich.

GEORGE: Die Überraschung war weg. Es waren keine weltbewegenden Entdeckungen mehr zu machen ... nach den Doktor-Spielchen und allem, was dazugehört.

NICK *unsicher*: Ja, vielleicht ...

GEORGE: Es ist sowieso immer wieder das gleiche ... Mit den Chinesinnen sicher auch, obwohl man da Gott weiß was für Wunder erzählt.

NICK: Was denn, zum Beispiel?

GEORGE: Darf ich nachfüllen? *Er nimmt Nicks Glas.*

NICK: Oh, danke. Wenn man die Grenze 'mal überschritten hat, kann man 'runterschütten, soviel man will, man wird nicht betrunkener.

GEORGE: Oh, das würd' ich nicht sagen ... es geht nur langsamer ... von einem gewissen Punkt an ... Das Reaktionsvermögen läßt nach ... die Gehirnerweichung setzt ein ... Es sei denn, man kann kotzen ... wie Ihre Frau ... dann kann man wieder von vorn anfangen.

NICK: Hier im Osten wird viel getrunken, hm? *Er überlegt.* Im Westen eigentlich auch.

GEORGE: Es wird in diesem ganzen Land viel getrunken, und ich fürchte, es wird noch schlimmer mit der Sauferei ... wenn wir's überleben. Wir sollten Araber sein ... oder Italiener. Die Araber trinken überhaupt nicht, und die Italiener betrinken sich höchst selten ... an hohen religiösen Feiertagen vielleicht. Wir sollten auf Kreta leben ...

NICK *sarkastisch*: Dann wären wir alle Kretins.

GEORGE *leicht erstaunt*: Ja ... gar nicht schlecht.

Gibt Nick das gefüllte Glas zurück.

Erzählen Sie mir vom Reichtum Ihrer Frau. Von ihrem vielen Geld ...

NICK *plötzlich mißtrauisch*: Warum?

GEORGE: Wenn Sie nicht wollen, lassen Sie's.

NICK: Warum interessieren Sie sich so für das Geld meiner Frau? *Bösartig:* Hm?

GEORGE: Ich finde es ein amüsantes Gesprächsthema.

NICK: Das glaub' ich nicht. Ihre Frage hat einen ganz bestimmten Zweck.

GEORGE *als ob er kein Wässerchen trüben könnte*: Ja, ja, schön ...: Das Geld Ihrer Frau interessiert mich, weil ... weil ich das methodische Vorgehen ... die geschäftstüchtige, pragmatische Anpassungsfähigkeit bewundere, mit der ihr Jungs ... ihr »Sturmflut der Zukunft« ... eure Machtübernahme vorbereitet.

NICK: Sie fangen schon wieder an.

GEORGE: Ich? Nein, wirklich nicht. Schauen Sie ...: Martha hat auch Geld. Ihr Vater plündert und schröpft das College seit -zig Jahren ... Es ist eine wahre Goldgrube für ihn ...

NICK: Das ist nicht wahr.

GEORGE: Ach? Das ist nicht wahr?

NICK: Nein.

GEORGE *achselzuckend*: Wie Sie wollen ... Marthas Vater plündert und schröpft das College n i c h t seit Jahren, es ist k e i n e Goldgrube für ihn, und Martha hat k e i n Geld. Sind Sie zufrieden?

NICK: Es handelt sich nicht um das Geld I h r e r Frau, wir haben vom Geld m e i n e r Frau geredet.

GEORGE: Gut, gut ... reden Sie.

NICK: Nein.

Pause.

Mein Schwiegervater war ... ein Prediger, ein Gottesmann ... und er war sehr reich.

GEORGE: Welcher Konfession gehörte er an?

NICK: Er ... mein Schwiegervater ... vernahm Gottes Ruf, als er ungefähr sechs Jahre alt war ... Und er begann zu predigen, taufte viele Menschen und führte sie auf den rechten Weg ... Und er reiste viel durchs Land und wurde ziemlich berühmt ... nicht ganz so berühmt wie viele andere ... aber doch ziemlich berühmt ... Und als er starb, hinterließ er viel Geld.

GEORGE: Gottes Geld.

NICK: Nein ... eigenes.

GEORGE: Wo war Gottes Geld geblieben?

NICK: Gottes Geld verteilte er ... sein eigenes sparte er. Er baute Krankenhäuser ... er rüstete Schiffe aus, die Nahrungsmittel in von Hungersnot bedrohte Länder brachten ... er verschaffte Obdachlosen ein Dach über 'm Kopf ... er brachte viele Menschen in die freie Natur, in die Sonne ... und er erbaute drei Kirchen ... zwei davon brannten ab ... Und er beendete sein Leben als reicher Mann.

GEORGE *nachdem er darüber nachgedacht hat:* Das ist eine schöne Geschichte.

NICK: Nicht? *Pause. Er kichert.*
Und darum hat meine Frau Geld.

GEORGE: Aber nicht Gottes Geld?

NICK: Nein ... eigenes.

GEORGE: Das ist wirklich eine schöne Geschichte.
Nick kichert wieder.
Martha hat Geld, weil Marthas Vaters zweite Frau ... nicht Marthas Mutter, Marthas Vater verheiratete sich wieder, als Marthas Mutter gestorben war ... – weil die zweite Frau eine sehr alte Dame mit Warzen und sehr viel Geld war.

NICK: Eine Hexe.

GEORGE: Eine gute Fee. Und sie heiratete die weiße Maus ...
Nick kichert wieder.
... mit den winzigen, roten Äuglein ... Und die weiße Maus muß zuviel an ihren Warzen rumgeknabbert haben, oder was weiß ich ... – auf alle Fälle fuhr sie kurz nach der Heirat mit einem Knall gen Himmel: piff-paff-puff!

NICK: Piff-paff-puff!

GEORGE: Puff! Und was von ihr übrigblieb, abgesehen von Warzensalbe, war ein dickes, fettes Testament ... eine Riesenwurst ... und jeder konnte sich eine Scheibe abschneiden: die Stadtverwaltung von Neu-Karthago, das College und Marthas Papa ... Der Rest blieb für Martha.

NICK *aufgeregt*: Mein Schwiegervater und die gute Warzenfee hätten sich zusammentun sollen. Der war auch eine weiße Maus.

GEORGE *spornt Nick an*: Wirklich?

NICK *bricht fast zusammen vor Lachen*: Und ob! Reich wie keine Kirchenmaus!

Sie lachen beide aus vollem Halse. Es ist ein trauriges Lachen, das nach und nach verebbt, bis es ganz aufhört. Ihre Frau hat die Stiefmutter nie erwähnt?

GEORGE *denkt nach*: Vielleicht hat es sie nie gegeben.

NICK *kneift die Augen zusammen*: Vielleicht aber doch ...

GEORGE: Vielleicht – vielleicht auch nicht. Ich finde Ihre Geschichte viel besser ...: Ihre aufgepumpte kleine Frau, und Ihr Schwiegervater, der Priester ...

NICK: Er war kein Priester ... er war ein Gottesmann, ein Prediger ...

GEORGE: Ja, richtig.

NICK: Und meine Frau war nicht aufgepumpt, sie war aufgebläht.

GEORGE: Natürlich.

NICK *kichernd*: Immer bei der Wahrheit bleiben, bitte.

GEORGE: Ja, ja, Sie haben recht, es tut mir leid.

NICK: Vergeben und vergessen.

GEORGE: Es ist Ihnen doch hoffentlich klar, daß ich Sie aushole ...? Und zwar nicht, weil ich an Ihrem schrecklichen Leidensweg interessiert bin, sondern um eine Waffe gegen Sie in der Hand zu haben ... da Sie für mich eine direkte, schwere Bedrohung darstellen.

NICK *immer noch belustigt*: Ja, klar ... selbstverständlich.

GEORGE: Ich habe Sie gewarnt ... nehmen Sie sich in acht.

NICK: Ich bin auf der Hut. *Lacht.* Ihr kleinen Schleicher beunruhigt mich am meisten ... Ihr Schleimscheißer ... Ihr Versager ... Ihr seid die Schlimmsten.

GEORGE: Sie haben vollkommen recht. Wir sind tückisch. Eh' Sie sich versehen, haben Sie einen Ellenbogen in Ihren stahlblauen Augen ... ein Knie in Ihrem harten, goldigen Bauch. Wir sind die Schlimmsten.

NICK: Jawohl!

GEORGE: Sie glauben mir nicht ganz, hm? Gott sei Dank ... Ich weiß, die Geschichte ist auf Ihrer Seite ...

NICK: Sie irren sich. Geschichte ist I h r e Seite, m e i n e ist Biologie. Geschichte – Biologie.

GEORGE: Ich kenne den Unterschied.

NICK: Das merkt man aber nicht.

George: Nein? Ich hielt es für ausgemacht, daß Sie zuerst das Geschichts-Seminar übernehmen, bevor Sie den ganzen Laden an sich reißen. Nach der alten Regel: Eins nach dem andern.

Nick *räkelt sich genießerisch, er macht Georges Spiel mit*: Nei-ei-ein ... ich hab mir das ganz anders vorgestellt: ich mach mich erst bei allen lieb Kind ... auf allen Gebieten ... ich schmiede das Eisen ...: ich spüre die schwachen Stellen auf ... gebe Ratschläge, wie man's besser machen könnte ... und werde allen schließlich ... schließlich ... na ja ... was werd' ich denn ...?

George: Unentbehrlich?

Nick: Das ist das Wort: unentbehrlich. Ja, was weiter? Ich nehme vielleicht einigen älteren Professoren ihre Vorlesungen ab ... bilde eine eigene Interessen- und Arbeitsgemeinschaft ... lege ein paar einflußreiche Damen aufs Kreuz ...

George: Das ist wichtig! Sie können noch so vielen Professoren ihre Vorlesungen abnehmen, Sie können die ganze junge Elite auf dem Sportplatz für sich gewinnen ... – wenn Sie nicht die richtigen Damen aufs Kreuz legen, nützt alles nichts. Der Weg zum Herzen eines Mannes führt durch den Bauch seiner Frau, merken Sie sich das.

Nick *spielt das Spiel immer noch mit*: Ja, ich weiß.

George: Und unsere Damen hier in Neu-Karthago sind alle bessere Nutten ... Putas ... Südamerikanische Damen der Nacht ... Wissen Sie, wie die's machen, in Südamerika ...? In Rio ...? Die Putas? Möchten Sie's wissen? Die zischen ... wie Gänse ... sie stehen in den Straßen 'rum und zischen dich an ... wie eine Bande von Gänsen.

Nick: Herde.

George: Bitte?

Nick: Herde ... Herde von Gänsen ... nicht Bande ... Gänseherde.

George: Na ja ... wenn Sie's ganz genau wissen wollen: streng ornithologisch heißt es Schwarm ... Schwarm ... nicht Herde.

NICK: Schwarm? Nicht Herde?

GEORGE: Ja, Gänseschwarm.

NICK *entmutigt*: Oh.

GEORGE: Ja ... die Putas ...: Sie stehen also in den Straßen 'rum und zischen wie ... wie eine Bande Gänse. Und die Gattinnen der Herren Professoren von Neu-Karthago, die stehen auch in den Straßen 'rum und zischen ... beim Einkaufen ... vorm Lebensmittelgeschäft ... wie eine Bande Gänse. Über diese Gänse führt der einzig mögliche Weg zur Macht ... Legen Sie sie alle aufs Kreuz!

NICK *spielt immer noch mit*: Sie haben ganz sicher recht.

GEORGE: Ganz sicher.

NICK: Und Ihre Frau ist natürlich die fetteste Gans in der Herde ... im Schwarm ... der fetteste Braten ... als Tochter des Präsidenten, nicht wahr?

GEORGE: Natürlich.

NICK: Also, auf in den Kampf!

Er reibt sich die Hände.

Am besten, ich pack' die Gelegenheit beim Schopf, stell' sie in eine Ecke und besteig' sie wie ein Rüde eine läufige Hündin.

GEORGE: Ja, das wär' wahrscheinlich das beste.

NICK *schaut George einen Augenblick lang mit einem leicht angewiderten Ausdruck an*: Ich glaube fast, Sie meinen es ernst.

GEORGE *trinkt ihm zu*: Nein, mein Junge ... Sie glauben fast, S i e meinen es ernst. Sie haben ja eine Gänsehaut vor lauter Angst vor der eigenen Courage.

NICK *explodiert fassungslos*: Ich?!

GEORGE *ganz ruhig*: Ja, Sie.

NICK: Jetzt treiben Sie den Scherz aber entschieden zu weit!

GEORGE *wie ein Vater*: Ich möcht', es wär' ein Scherz ... Ich gebe Ihnen einen guten Rat ... wenn Sie wollen ...

NICK: Sie? Mir? Einen guten Rat? Daß ich nicht lache! *Er lacht.*

GEORGE: Sie müssen noch viel lernen ... spitzen Sie die Ohren ... ein guter Rat kann nichts schaden. Also ...

NICK: Ach, hören Sie doch auf!

GEORGE: Ich mein's gut mit Ihnen.

NICK: Ach, du lieber Gott!

GEORGE: Sie bewegen sich auf sehr sumpfigem Boden, und ehe Sie sich versehen, sinken Sie ein ...

NICK: Menschenskind!

GEORGE: ... ehe Sie sich versehen, zieht es Sie runter ...
Nick lacht ihn aus.
Im Grunde widern Sie mich an ... Sie sind ein verlogener kleiner Spießer ... und dennoch mach' ich den Versuch ... und werf' Ihnen ein Rettungsseil zu. Verstehen Sie mich?!

NICK *lacht immer noch*: Sie sind ja laut genug. Ich verstehe Sie.

GEORGE: Das ist Ihr Glück!
Pause, dann ruhig:
Ihr Glück ... Gut: Sie bilden sich ein, Sie brauchen keine Noten, hm? Sie verlassen sich auf Ihr Gehör, Sie spielen auswendig, hab' ich recht? Sie denken, es nimmt alles sowieso seinen Lauf, der geschichtliche Fahrplan läuft ab wie am Schnürchen ... Hab' ich recht?

NICK: Vollkommen. Sie haben vollkommen recht. Stopfen Sie nur weiter Ihre Socken, Großmutter ... Ich komm' auch ohne Ihren guten Rat aus.

GEORGE *nach einer Pause*: Ich hab's versucht ... ich hab' mir mit Ihnen Mühe gegeben ... Ich hab' Ihnen Entgegenkommen gezeigt ... ich hab' versucht ...

NICK: ... Kontakt zu gewinnen?

GEORGE: Ja.

NICK *wie oben*: ... eine menschliche Beziehung zu mir zu finden ...?

GEORGE: Ja, das habe ich versucht.

NICK: Ts, ts, ts, ts, das ist ja rührend ... das bewegt mich tief ... *Mit plötzlicher Heftigkeit:* Sie können mich!

GEORGE *kurze Pause*: Hm?

NICK *drohend*: Haben Sie mich nicht verstanden?!

GEORGE *spricht, ohne ihn direkt anzusprechen*: Man bemüht sich, eine Zivilisation aufzubauen ... eine Gesellschaft, deren Grundsätze – auf festen Grundsätzen beruhen ... Man plagt sich, um der natürlichen Ordnung einen allgemein verständlichen Sinn abzugewinnen, der unnatürlichen Unordnung des menschlichen Gehirns Moralität... Man stellt Richtlinien auf, Gesetze, man erschafft Kunstwerke, Kunst, und es wird einem klar, daß eins vom andern nicht zu trennen ist, daß alles eine Einheit bildet, bilden muß ... Man erreicht das traurigste aller Stadien ...: das Stadium, in dem es etwas zu verlieren gibt ... Und plötzlich, aller Musik, allem sinnvollen Klang menschlichen Schaffens zum Trotz, kommt der Dies Irae. Und was stellt sich heraus? Was verkünden die Trompeten? –: »Sie können mich.« Wahrscheinlich ist das gerecht ... ich sehe es ein, ich muß es einsehen ... in meinem Alter ... – Sie können mich auch!

NICK *kurze Pause, dann applaudiert er*: Ha, ha! Bravo! Ha, ha! *Er lacht.*

Martha tritt wieder auf, Putzi an der Hand führend, die sehr blaß ist, aber tapfer lächelt.

PUTZI *hoheitsvoll*: Danke ... Danke schön.

MARTHA: Da sind wir wieder. Noch ein bißchen schwach auf den Beinen, aber trotzdem tatendurstig.

GEORGE: Durstig. Durstig genügt auch.

NICK: Was? Oh ... Putzi ... geht's dir besser?

PUTZI: Ein bißchen, Schatz ... aber ich muß mich setzen.

NICK: Ja, komm, setz' dich ... setz' dich zu mir.

PUTZI: Danke, mein Schatz.

GEORGE *unterdrückt*: Wie rührend ... ich bin ergriffen.

MARTHA *zu George*: Und? Entschuldigst du dich nicht?

GEORGE *sieht sie aus zusammengekniffenen Augen fast schielend an*: Wofür, Martha?

MARTHA: Dafür, daß du den Brechreiz der jungen Dame verursacht hast.

GEORGE: Das habe ich nicht.

MARTHA: Natürlich hast du!

GEORGE: Nein, das habe ich nicht!

PUTZI *päpstliche Geste*: Nicht doch ... bitte nicht.

MARTHA *zu George*: Wer denn sonst? Mister Amerika hier vielleicht? Meinst du, er macht seine eigene kleine Frau krank?

GEORGE *hilfsbereit*: Du, zum Beispiel, machst mich krank.

MARTHA: Das ist etwas ganz anderes!

Putzi: Nein, nicht, bitte ... Ich ... ich übergebe mich ... ich meine, es wird mir eben manchmal übel ... ganz von selber ... ohne jeden Grund.

George: Ach, wirklich?

Nick: Du bist ... du bist eben zart, Putzi.

Putzi *stolz*: Das ist schon so, seit ich mich erinnern kann.

George: Die Gedächtniskirche.

Nick: Ich warne Sie!

Putzi: Dabei sagen die Ärzte, mir fehle gar nichts ... mein Organismus sei völlig in Ordnung ...

Nick: Der ist auch in Ordnung, völlig.

Putzi: Stellen Sie sich vor, kurz vor unserer Hochzeit kriegte ich eine Blinddarmentzündung ... das heißt, jedermann dachte, es sei eine Blinddarmentzündung ... und dann stellte sich 'raus ... es war ... war falscher Alarm.

George und Nick wechseln einen Blick.

Martha *zu George*: Gib mir 'was zu trinken.

George geht zur Bar.

George macht alle krank, die mit ihm in Berührung kommen ... im wahrsten Sinn des Wortes ... Als unser Junge noch ganz klein war ...

George: Laß das, Martha ...

Martha: ... litt er dauernd unter Brechreiz ... er übergab sich immer wegen George.

George: Hör' auf, Martha!

Martha: Es wurde schließlich so schlimm, daß George nur ins Zimmer zu treten brauchte, und schon spuckte er ...

George: ... der wahre Grund, warum unser Sohn immer kotzte, geliebte Gemahlin, ist ein ganz einfacher: er konnte dein Gefummel nicht ertragen, deine liebevollen Überfälle auf sein Schlafzimmer, im offenen fliegenden Kimono; dein 'Rumgefummele machte ihn krank, deine Schnapsfahne, deine Hände auf seinem ...

Martha: So?! Ist er vielleicht darum zweimal im Monat von zu Hause weggelaufen?! *Zu den Gästen:* Zweimal in einem Monat! Sechsmal in einem Jahr!

George *auch zu den Gästen*: Unser Sohn ist dauernd von zu Hause weggelaufen, weil Martha dauernd hinter ihm her war.

MARTHA *schreiend*: Ich war nie im Leben hinter ihm her!

GEORGE *gibt Martha ein Glas*: Wenn ich nach Hause kam, stürzte er sich auf mich und sagte: »Mama ist dauernd hinter mir her.«

MARTHA: Lügenmaul!

GEORGE *achselzuckend*: So war's eben ... Du warst dauernd hinter ihm her. Es war über alle Maßen peinlich, es ist mir heute noch peinlich.

NICK: Wenn es Ihnen so peinlich ist, warum reden Sie drüber?

PUTZI *mahnend*: Liebling ...!

MARTHA: Er hat vollkommen recht! *Zu Nick:* Danke, Schätzchen.

GEORGE *zu allen*: Ich habe nicht angefangen, ich wollte nicht darüber reden ... Ich bin auch ohne dieses Thema restlos glücklich ... Ich will überhaupt nie darüber reden.

MARTHA: Doch, du willst.

GEORGE: Vielleicht, wenn wir allein sind.

MARTHA: Wir sind allein!

GEORGE: Nein, mein Herz, wir haben Gäste.

MARTHA *mit einem begehrlichen Blick auf Nick*: Ach, ja ... natürlich.

PUTZI: Könnte ich einen kleinen Kognak haben. Ich hab' Lust auf einen kleinen Kognak.

NICK: Meinst du, das tut dir gut?

PUTZI: Oh, ja ... ja, mein Schatz.

GEORGE *geht wieder zur Bar*: Klar! Füllen Sie sie ab!

NICK: Putzi, ich glaube, du solltest ...

PUTZI *eine kleine Gereiztheit macht sich spürbar*: Das richtet mich wieder auf, mein Schatz. Ich bin noch ein bißchen wackelig.

GEORGE: An einer halben Flasche kann man sich nicht aufrichten ... Wenn schon, denn schon!

PUTZI: Das finde ich auch.
Zu Martha:
Ich liebe Kognak ... wirklich, über alles.

MARTHA *unaufmerksam, zerstreut*: Das freut mich.

NICK *gibt auf*: Na ja ... wenn du meinst, daß es dir bekommt ...

Putzi *wirklich gereizt*: Ich weiß selber am besten, was mir bekommt, mein Schatz.

Nick *nicht gerade freundlich*: Ja, sicher ... du mußt es ja wissen.

Putzi *George gibt ihr ihren Kognak*: Oh, fein! Danke. *Zu Nick:* Natürlich muß ich's wissen, mein Schatz.

George *nachdenklich*: Ich hab' früher auch gern Kognak getrunken.

Martha *zu George*: Du hast früher auch Wichse mit Soda getrunken.

George *scharf*: Halt den Mund, Martha!

Martha *hält sich wie ein kleines Mädchen den Mund zu*: Oooohhhh ...!

Nick *der Marthas Bemerkung doch mit halbem Ohr gehört hat und sich dunkel an etwas erinnert*: Was haben Sie gesagt?

George *begräbt das Thema*: Nichts ... nichts.

Martha *wechselt auch das Thema*: Na, habt ihr Männer alles bereinigt, als wir in der Küche waren? Hat George Ihnen seinen Standpunkt klargemacht? Hat er an Ihr männliches Mitgefühl appelliert?

Nick: Nein ... nicht eigentlich.

George: Wir haben uns gefragt, warum wir Männer immer nach eurer Pfeife tanzen.

Martha: So? Tut ihr das?

Putzi: Ich tanze leidenschaftlich gern.

Nick: Davon ist nicht die Rede, Putzi.

Putzi: Das weiß ich! Aber ich tanze trotzdem leidenschaftlich gern!

Martha: Hat er Ihnen wirklich nicht erzählt, daß er's zu 'was gebracht hätte, wenn Papa nicht gewesen wär'? Daß seine angeborene Anständigkeit ihn hinderte, es auch nur zu versuchen? Nein?

Nick *schlichtend*: Nein ...

Martha: Und er hat auch nicht erzählt, daß er ein Buch 'rausgeben wollte ... und wie Papa es ihm verboten hat?

Nick: Ein Buch? Nein.

George: Martha, bitte ...!

Nick *ermuntert sie*: Ein Buch? Was für ein Buch?

George *abwehrend*: Ach, ein Buch eben ... nichts von Belang.

Martha *gespielter Widerspruch*: Nichts von Belang?!

George: Martha, bitte!

Martha *fast enttäuscht*: Ich glaube, er hat Ihnen die traurigste aller Geschichten wirklich nicht erzählt. Was ist los mit dir, George? Gibst du auf?

George *ruhig, ernst*: Nein. Aber ich muß eine neue Kampfmethode gegen dich erfinden ... Ich glaube, ich muß mich auf eine Partisanentaktik umstellen ... Ich muß die Festung von innen nehmen ... Ich weiß noch nicht genau, wie ...

Martha: Wenn du's dann weißt, sagst du's mir, hm?

George *fröhlich*: Abgemacht, mein Engel.

Putzi: Warum tanzen wir nicht? Ich tanze leidenschaftlich gern.

Nick: Putzi ...

Putzi: Ich möchte aber. Ich tanze so gern.

Nick: Putzi ...

Putzi: Ich will jetzt tanzen! Ich will einfach!

George: Ihr Wunsch sei mir Befehl! Das hat uns grade noch gefehlt ...! Los, tanzen wir!

Putzi *wieder ganz süß, zu Martha*: Fabelhaft! Ich tanze einfach leidenschaftlich gern! Sie nicht?

Martha: Doch, doch, natürlich. *Sie wirft einen Blick auf Nick:* Vielleicht gar keine schlechte Idee.

Putzi: Ich tanze wie der Wirbelwind.

Martha *ohne Ausdruck*: So?

George *sucht eine Platte aus*: Martha war 'mal in der Zeitung abkonterfeit ... Das ist natürlich mindestens fünfundzwanzig Jahre her ... ich glaube, sie hat den zweiten Preis in einem dieser Sechs-Tage-Tanz-Turniere gewonnen ... Die Fotografie zeigte, wie sie mit schwellenden Muskeln ihren Partner in die Höhe stemmte.

Martha: Mach' endlich Musik und halt' die Klappe!

George: Auch d e i n Wunsch sei mir Befehl, mein Herz. *Zu allen:* Wie spielen wir denn? Gemischtes Doppel?

Martha: Du glaubst doch nicht im Ernst, daß ich mit d i r tanze?

GEORGE: Nei-ei-ein ... natürlich nicht. Nicht, wenn du was Besseres haben kannst ...
Er zeigt auf Nick ... dann auf Putzi. ... und ich ein Wirbelwindchen.

PUTZI: Ich tanze mit jedem ... ich tanz' auch allein.

NICK: Putzi ...

PUTZI: Ich tanze wie der Wirbelwind!

GEORGE: Also, Kinder ... greift euch den Partner und schwingt das Tanzbein.
Musik erklingt. Beethovens Siebente, der zweite Satz.

PUTZI *springt auf und tanzt allein*: De, de da da, da-da da, da da — da de da ... wunderbar ...!

NICK: Putzi ...

MARTHA: Stell' das ab, George!

PUTZI: Dum, de de da da, da-da de, dum de da da da ... juuuhuuuuhhh ...!

MARTHA: Stell' ab!

GEORGE *spielt den Schwerhörigen*: Was sagst du, Martha? Was?

NICK: Putzi ...

MARTHA *brüllt, um die Musik zu übertönen. George dreht sie noch lauter*: Stell' das ab, George!

GEORGE: Was?

MARTHA *springt auf und geht drohend auf George los*: Du Armleuchter ...!

GEORGE *stellt das Grammophon plötzlich ab. Ruhig*: Was sagst du, mein Herz?

MARTHA: Arsch mit Ohren!

PUTZI *hält mitten in einer Tanzfigur inne, ohne die Haltung zu verändern*: Sie haben's abgestellt! Warum haben Sie's abgestellt?

NICK: Putzi ...

PUTZI *zu Nick. Sie fährt ihn an*: Jetzt sei endlich 'mal still!

GEORGE: Ich dachte, es paßt zur Stimmung, Martha.

MARTHA: Was du nicht sagst?!

PUTZI: Du hackst immer auf mir 'rum, wenn ich's 'mal lustig finde.

NICK *versucht sich zu beherrschen*: Es tut mir leid, Putzi.

PUTZI: Lass' mich lieber in Ruhe!

GEORGE: Warum suchst du denn nicht selber eine Platte aus, Martha?
Er entfernt sich vom Grammophon und überläßt Martha den Platz.
Martha kümmert sich jetzt um euer Wohl ... die Dame des Hauses führt persönlich den Tanz an.

PUTZI: Du weißt, wie gern ich tanze, und immer vermiest du es mir.

NICK: Ich hab' nichts dagegen, wenn du tanzst.

PUTZI: Laß mich in Ruhe!
Sie setzt sich und trinkt.

GEORGE: Martha legt jetzt einen Rhythmus auf, der ihr besser liegt ... Wie wär's denn mit: »Sacre du printemps ...«?
Er setzt sich zu Putzi.
Na, du kleine Sex-Spritze ...?

PUTZI *stößt kichernd einen Schrei aus*: Oooohhhh!

GEORGE *lacht sie aus*: Ha, ha, ha, ha, ha ... Na, mach schon, Martha ...! Tu' deine Pflicht und Schuldigkeit!

MARTHA *konzentriert sich auf das Grammophon*: Gleich! Kannst du nicht warten?!

GEORGE *zu Putzi*: Wollen Sie mit mir tanzen, Engelstittchen?

NICK: Wie reden Sie denn mit meiner Frau!

GEORGE *lacht ihn aus*: Ach, du meine Güte!

PUTZI *launisch*: Nein! Wenn ich nicht meinen Ausdruckstanz tanzen darf, tanz' ich überhaupt nicht! Dann bleib' ich eben sitzen ... *Sie zuckt die Achseln und trinkt.*

MARTHA *die Platte läuft ... irgendein Slow-Fox*: So! Los!
Sie greift sich Nick.

NICK: Bitte? Ach, so ... ja ... hier bin ich.

MARTHA: Ich auch.
Sie tanzen langsam, sehr nah aneinandergeschmiegt.

PUTZI *schmollend*: Wir bleiben einfach sitzen und schauen zu.

GEORGE: Und das geschieht den beiden ganz recht!

MARTHA: Mmm, Sie sind aber wirklich kräftig.

NICK: Es geht an.

MARTHA: Ich mag das.

NICK: Danke.

PUTZI: Als ob sie schon immer miteinander getanzt hätten.

George: Es ist ein sehr bekannter Schlager ... sie kennen ihn beide ... es ist das alte Lied ...

Martha: Sind Sie immer so schüchtern?

Nick: Bin ich ... bin ich schüchtern?

George: ... die uralte Leier ... alt wie Methusalem ... mit so einem Bart!

Putzi: Ich ... ich weiß nicht, was Sie meinen.

Nick und Martha lösen sich voneinander und tanzen getrennt auf beiden Seiten von Putzi und George. Sie schauen sich dabei in die Augen, und während sich ihre Füße kaum bewegen, vollführen ihre Körper absolut übereinstimmende, wiegende Bewegungen, als ob sie aneinander gepreßt wären.

Martha: Sie bewegen sich schön.

Nick: Sie auch.

George *zu Putzi*: Sie finden ihre Bewegungen schön.

Putzi *nicht ganz anwesend*: Das ist aber nett.

Martha *zu Nick*: Es wundert mich eigentlich, daß George Ihnen nicht seine Leidensgeschichte erzählt hat.

George *zu Putzi*: Sind die beiden nicht entzückend?

Nick: Er hat's nicht getan.

Martha: Das wundert mich wirklich.

Marthas Bemerkungen könnten im Takt zur Musik gesprochen werden.

Nick: So ...?

Martha: Ja. Er tut's sonst immer, wenn er Gelegenheit dazu hat.

Nick: Ach ...

Martha: Es ist eine ausnehmend traurige Geschichte.

George: Du hast eine ganz üble Veranlagung, Martha.

Nick: Was Sie nicht sagen?!

Martha: Sie rührt Sie zu Tränen, wenn ich sie erzähle.

George: Eine überaus scheußliche Begabung.

Nick: Wirklich?

George: Ermutigen Sie sie nicht.

Martha: Ermutigen Sie mich.

Nick: Erzählen Sie.

Sie bewegen sich mit wiegenden Tanzschritten aufeinander zu und entfernen sich dann wieder voneinander.

GEORGE: Ich warne Sie ... ermutigen Sie sie nicht.

MARTHA: Er warnt Sie ... ermutigen Sie mich nicht.

NICK: Ich hab's gehört ... Erzählen Sie weiter.

MARTHA *spricht ganz bewußt in Versform*: »Mein Georgie-Klein, der hatte große Pläne, er trotzte seiner schwarzen Jugendzeit ...«

GEORGE *eine stille Warnung*: Martha ...

MARTHA: »... er schrieb ein Buch und bleckte wild die Zähne, beklagte seine eig'ne Furchtbarkeit ...« Ich spreche in gereimten Versen, habt ihr's gemerkt? In gereimten Versen!

GEORGE: Ich warne dich, Martha.

NICK: Reimen Sie weiter.

MARTHA: »Papa besah sich den Roman mit Eifer ...«

GEORGE: Du bist auf Schläge aus, Martha ... Nimm dich in acht.

MARTHA: Tu' dir keinen Zwang an! »... Und war dann angewidert von dem Buch ...«

NICK: Ach!

MARTHA: Und wie ...! »... Es war von A bis Z nur dumm' Gegeifer ...«

GEORGE *steht auf*: Ich dulde das nicht!

NICK *über die Schulter, zu George*: Quatschen Sie nicht dauernd dazwischen!

MARTHA: ... ha, ha! »... dumm' Gegeifer, vom Bub', der seine Eltern einst erschlug.«

GEORGE: Es ist jetzt genug, Martha! Hör auf!

MARTHA: »Und Vater sprach: Nur über meine Leiche, wird dieses Buch gedruckt ...«

GEORGE *stürzt zum Grammophon und reißt die Platte vom Teller*: Damit hat es sich! Der Tanz ist aus! So! Mach' jetzt weiter! In Prosa und ohne musikalische Untermalung!

NICK: Was fällt Ihnen ein? Was haben Sie denn plötzlich?!

PUTZI *fröhlich*: Hilfio! Mord und Totschlag!

MARTHA *laut, eine Proklamation*: Und Papa sagte ...: Junge, du glaubst doch nicht im Ernst, daß ich dich diesen scheußlichen Mist drucken lasse? Nur über meine Leiche, Freundchen ... nicht, solange du bei mir unterrichtest ...

Laß den Dreck drucken, und du fliegst 'raus ... im hohen Bogen! Auf deine fünf Buchstaben!

George: Halt ein, Martha!

Martha: Ha, ha, ha, HA!

Nick *lachend*: Halt ... ein!

Putzi: Mordio! Mord und Totschlag!

Martha: Diese Idee! Als Lehrer eines geachteten, konservativen Instituts, in einer Stadt wie Neu-Karthago, so ein Buch 'rausbringen zu wollen! Wenn Ihnen Ihre Lehrtätigkeit hier lieb ist, junger Mann ... Naseweis ... dann lassen Sie Ihr Manuskript in der Versenkung verschwinden ...!

George: Ich lasse mich nicht zum Gespött machen!

Nick: Er läßt sich nicht zum Gespött machen ... Du lieber Gott! *Er lacht.*

Putzi lacht auch, obwohl sie eigentlich nicht weiß warum.

George: Ich dulde es nicht!

Alle drei lachen ihn aus.

George *wutentbrannt*: Der Tanz ist aus!

Martha: *hartnäckig*: Stellt euch das vor! Ein Buch, das von einem Jungen handelt, der Mutter und Vater umbringt, und der behauptet, es sei alles ein unglücklicher Zufall gewesen!

Putzi *außer sich vor Fröhlichkeit*: Ein unglücklicher Zufall!

Nick *der sich an irgend etwas dunkel erinnert*: Augenblick ... Moment 'mal ...

Martha *mit normaler Stimme*: Und wißt ihr, was das Tollste war? Wollt ihr wissen, was der wackere kleine Georgie Papa erzählte?

George: Nein! Nein! Nein! Nein!

Nick: Herrgott ... es liegt mir auf der Zunge ...

Martha: Georgie sagte ...: Aber Papa, ... ich meine ... ha, ha, ha, ha ... aber Professor ... das ist kein Roman ... *Verstellte Stimme:* Kein Roman? *Äfft wieder Georges Stimme nach*: Nein, Professor ... es ist ganz bestimmt kein Roman ...

George *bewegt sich auf sie zu*: Das sagst du nicht!

Nick *spürt die Gefahr*: Heh ...!

Martha: Einen Dreck werd' ich nicht! Bleib mir vom Leib, Mistbock!

Sie weicht vor George ein wenig nach hinten aus ... und äfft dabei wieder seine Stimme nach:
... ganz bestimmt nicht ... es ist kein Roman ... es ist die Wahrheit ... das ist alles wirklich passiert ... und zwar: Mir!

GEORGE *stürzt sich auf sie*: Ich bring' dich um! *Er packt sie an der Gurgel. Sie ringen miteinander.*

NICK *drängt sich zwischen die beiden*: He ...!

PUTZI *außer sich*: Mord und Totschlag! Mord und Totschlag!

George, Martha und Nick im Handgemenge, Schreie usw.

MARTHA: Es ist alles passiert! Mir! Mir!

GEORGE: Du Teufelsbraten!

NICK: Aufhören! Hören Sie auf!

PUTZI: Mord und Totschlag!

Die andern drei kämpfen miteinander. George umklammert Marthas Hals. Nick packt George, reißt ihn von Martha weg und wirft ihn zu Boden. George liegt am Boden, Nick über ihm, Martha auf der andern Seite, eine Hand am Hals, an der Stelle, wo George sie gewürgt hat.

NICK: Haben Sie jetzt endlich genug?!

PUTZI *ihre Stimme verrät Enttäuschung*: Oh ... oh ... oh ...

George schleppt sich zu einem Sessel und läßt sich fallen. Er ist verletzt, aber mehr durch die tiefe Demütigung als durch eine körperliche Verwundung.

GEORGE *alle beobachten ihn, eine Pause*: Still ... ganz still ... bitte, seid für einen Augenblick ganz still ...

MARTHA *leise, langsam den Kopf schüttelnd*: Mörder ... Mör-der ...!

NICK *leise zu Martha*: Bitte ... es langt jetzt.

Kurze Stille. Sie bewegen sich alle wie Ringkämpfer nach einem Niederschlag.

GEORGE *äußerlich hat er seine Haltung zurückgewonnen, aber eine nervöse innere Spannung hat sich seiner bemächtigt*: So ...! Ein Gesellschaftsspiel hätten wir hinter uns. Was tun wir jetzt, hm?

Martha und Nick lachen nervös.

Kommt, strengt euch 'n bißchen an, es wird euch doch 'was einfallen. »Der gebeutelte Hausherr« ist vorbei. Der

Hausherr ist gebeutelt, gefoltert, gedemütigt ... »Der gebeutelte Hausherr« ist zu Ende ... Was spielen wir jetzt?

NICK: Lassen Sie uns doch zufrieden ...!

GEORGE: Lassen Sie uns doch zufrieden! *Er greint den Satz:* Lassen Sie uns doch zufrieden! *Wieder normal:* Nein, wirklich, im Ernst ... es muß doch noch andere Spiele geben ... Wir wackeren College-Professoren, die wir 'mal muntere Studenten waren ... wir typischen College-Typen kennen doch sicher noch andere Gesellschaftsspiele ... Ich meine, dies kann doch nicht unserer Weisheit letzter Schluß gewesen sein, was?

NICK: Ich glaube, es ist das beste ...

GEORGE: Also, was spielen wir? Es gibt ganz bestimmt noch andere Spiele. Der Hausherr war dran ... »Der gebeutelte Hausherr«, das haben wir gespielt ... jetzt kommt die Hausfrau dran. Wie wär's zum Beispiel mit: »Das Schänderspiel«? *Zu Nick:* Spielen Sie mit? Spielen Sie »Das Hausfrauenschänderspiel«, hm, hm?

NICK *ein wenig ängstlich*: Beruhigen Sie sich doch!

Martha kichert still vor sich hin.

GEORGE: Oder wollen wir uns das für später aufheben? »Das Hausfrauenschänderspiel«? *Zu Nick:* Wie ein Rüde eine läufige Hündin?

PUTZI *trinkt allen ausgelassen zu*: »Das Hausfrauenschänderspiel!«

NICK *zu Putzi, scharf*: Schnauze!

Putzi verstummt, das Glas hoch erhoben.

GEORGE *zu Nick*: Finden Sie's noch zu früh? Wollen Sie sich dieses Spiel für später aufheben? Ja, was spielen wir dann aber jetzt? Irgendein Spiel müssen wir doch spielen!

MARTHA: Das Bild eines Ersaufenden!

GEORGE *zu niemandem direkt gesprochen*: Ich bin kein Ersaufender.

PUTZI *unter Tränen, entrüstet*: Du hast »Schnauze« zu mir gesagt!

NICK *ungeduldig*: Es tut mir leid.

PUTZI: Das ist nicht wahr. Es tut dir gar nicht leid!

NICK *noch ungeduldiger*: Doch, es tut mir leid!

GEORGE *klatscht in die Hände*: Ich hab's! Ich weiß, was wir spielen. »Der gebeutelte Hausherr« ... das haben wir hinter uns ... wenigstens die erste Runde ... die hätten wir hinter uns. Und »Das Hausfrauenschänderspiel«, das wollen wir noch nicht spielen ... wie ein Rüde ...! Das heben wir uns für später auf. Spielen wir also: »Die Gästefalle«. Spielen wir eine Runde: »Die Gästefalle«. Was halten Sie davon? Was halten Sie von einer Runde: »Die Gästefalle«?

MARTHA *wendet sich angewidert ab*: Mensch, George!

GEORGE: Du hast's nötig! Wer hat vom Buch gequatscht? Und wer vom Kind?!

PUTZI: Mir gefallen diese Gesellschaftsspiele nicht.

NICK: Ja ... ich glaube auch, es ist jetzt genug.

GEORGE: Aber nicht doch ...! Im Gegenteil! Wir haben erst ein einziges Spielchen hinter uns. Jetzt spielen wir noch eins ... Sie können doch nicht nach einem einzigen kleinen Spiel die Flinte ins Korn werfen.

NICK: Vielleicht wär's besser ...

GEORGE *mit Autorität*: Ruhe!

Alle kommen der Aufforderung nach.

Also ... wie wollen wir's spielen? Wie spielen wir »Die Gästefalle«?

MARTHA: George, um Himmels willen ...

GEORGE: Du sei still!

Martha zuckt die Achseln.

Ja ... ich weiß nicht recht ... ich frage mich ... *Zögert, dann*: Ich hab's: Martha hat Ihnen in ihrer indiskreten Art ... ach, nicht eigentlich indiskret ... im Grunde ihres Herzens ist Martha naiv ... – Jedenfalls hat Martha Ihnen alles über mein erstes Buch erzählt, über meine Memoiren! Stimmt's, oder nicht? Hm? Ich meine, ob's nun stimmt oder nicht, daß es je so ein Ding gegeben hat. Ha! Martha hat nun 'mal die Katze aus dem Sack gelassen ... über mein erstes Buch ... meine Kindheitserinnerungen. Es wär' mir lieber gewesen, sie hätt's nicht getan, aber hol's der Teufel, es ist nun 'mal geschehen, Schwamm drüber ...! Aber – was sie vergessen hat – ...: sie hat nichts erzählt ... sie hat nichts von meinem zweiten Buch erzählt.

Martha schaut ihn verwirrt und neugierig an.

Aber davon hast du ja auch nichts gewußt, Martha. Stimmt's, oder nicht? Von meinem zweiten Buch ...? Ob's nun stimmt oder nicht, mein zweites Buch.

MARTHA *aufrichtig*: Nein.

GEORGE: Nein.

Er beginnt ganz ruhig, aber im Laufe der Erzählung wird sein Ton rauher, seine Stimme lauter: Es handelt sich um eine Allegorie ... es ist trotzdem leicht verständliche, einfache Prosa. Es dreht sich um ein nettes junges Paar aus dem mittleren Westen. Es ist ein Loblied auf den rustikalen, ländlichen Menschen. Dieses nette junge Paar ... Ehepaar ... kommt also aus dem mittleren Westen. Er ist blond und ungefähr dreißig, ist Wissenschaftler, Lehrer. Und sein Mäuschen ist ein weibliches Wesen, das immerzu mit Kognak gurgelt und ...

NICK: Erlauben Sie 'mal ...

GEORGE: ... und gekannt haben sich die beiden schon, als sie noch ganz klitzekleine Geschöpfchen waren und unter Mamas Toilettentischchen Doktor spielten ...

NICK: Haben Sie mich nicht verstanden?! Ich hab' gesagt ...

GEORGE: Jetzt spiele ich! Ihr habt euer Spiel gehabt, ihr alle! Jetzt spiele ich!

PUTZI *verträumt*: Ich möchte die Geschichte hören. Ich liebe Geschichten.

MARTHA: George, um Himmels willen ...

GEORGE: Und ...! Und Mäuschens Vater war ein Gottesmann, ein Prediger, der eine Art Wander-Animierbetrieb unterhielt ... im Namen von Jesus Christus und aller gefallenen Mädchen. Und wo er hinkam, eroberte er die Herzen der Gläubigen, er nahm sie im Sturm.

PUTZI *verwirrt*: Das kommt mir bekannt vor.

NICK *seine Stimme zittert ein wenig*: Was du nicht sagst?!

GEORGE: Schließlich aber starb er, Mäuschens Papa. Man knackte ihn mit einem Brecheisen auf, und siehe da, Geld die Menge kam zum Vorschein ... Jesus-Geld, Maria-Geld ... Beute!

PUTZI *verträumt, verwirrt*: Die Geschichte muß ich irgendwo schon 'mal gehört haben ...

NICK *ruhig, aber eindringlich, um sie zu wecken*: Putzi ...

George: Aber das ist nur die Vorgeschichte, die Einleitung. Unser blonder Recke kam mit seiner besseren Hälfte aus dem unbegrenzten weiten Land ... *Er kichert.*

Martha: ... Sehr lustig, George ...

George: ... danke. Und er machte sich in einer Stadt seßhaft, die unserem Nouveau-Karthago sehr ähnlich sah ...

Nick *warnend, fast drohend*: Ich geb' Ihnen den guten Rat: Hören Sie jetzt auf, Herr Professor!

George: Finden Sie Ihren Rat wirklich so gut?

Nick *nicht mehr ganz so selbstsicher*: Ich ... ich ... habe Sie gewarnt.

Putzi: Ich liebe Geschichten, die mir bekannt vorkommen ... das sind die besten.

George: Ich bin ganz Ihrer Meinung. Unser blonder Recke also ... hatte sich nur als Lehrer getarnt ... verkleidet ... maskiert; denn er fühlte sich zu Höherem berufen. Auf seinem Gepäckschein standen die Buchstaben H.A. ... HA! Historischer Auftrag!

Nick: Den Rest schenken wir Ihnen!

Putzi *versucht, der Geschichte einen Sinn abzugewinnen*: Lass' sie weitermachen.

George: Wir machen weiter. Ein wichtiger Bestandteil seines Gepäcks ... seiner Bürde ... war sein Mäuschen.

Nick: Wir müssen uns das doch nicht anhören!

Putzi: Warum denn nicht?

George: Das ist eine sehr berechtigte Frage, Ihre Frau hat recht. Nun ... etwas vom Unbegreiflichsten an unserm blonden Recken war diese Bürde ... sein Mäuschen, meine ich. Er, die Sportkanone, der mehrfache Schwimm-Champion von Kansas, oder was weiß ich, hatte sich diese Maus aufgebürdet. Und er war ihr treu ergeben, er umhegte sie mit einer Fürsorglichkeit, die jedes menschliche Verständnis überstieg: denn wenn man es genau nahm, war sie ein schwachsinniges, dümmliches Ding ... ein Häufchen Unglück ...

Nick: Sie benehmen sich äußerst unanständig ...

George: Vielleicht. Was ich sagen wollte ...: Diese seine Maus inhalierte Kognak in rauhen Mengen ... unersättlich ... und verbrachte die Hälfte ihrer Zeit auf dem Kotz-Klo ... ein Häufchen Unglück ...!

PUTZI *langsam kommt sie darauf*: Ich kenne diese Leute ...

GEORGE: Wirklich? Aber Mäuschen war unter anderem eben auch ein Häufchen Geld ... Gottesgeld, den Goldzähnen der Ungläubigen entrissen. Sie war eine eingeplante Stufe auf der Treppe zum Erfolg ... und so fand er sich eben mit ihr ab ...

PUTZI *einigermaßen erschrocken*: Diese Geschichte gefällt mir nicht ...

NICK *überraschenderweise plötzlich bittend*: Bitte nicht ... bitte.

MARTHA: Es ist wirklich das beste, du hörst jetzt auf, George.

GEORGE: ... und so fand er sich eben mit ihr ab ... Aufhören? Ha- ha!

NICK: Bitte ... bitte nicht.

GEORGE: »Bitte«, mein Junge?

MARTHA: George ...

GEORGE: ... Und – oh, jetzt kommt eine Rückblende –: Die Geschichte ihrer Heirat.

NICK: Nein!

GEORGE *triumphierend*: Doch!

NICK *weinerlich*: Warum?!

GEORGE: Die Geschichte ihrer Heirat! Die Geschichte ihrer Heirat spielte sich folgendermaßen ab: Eines Tages blähte sich die Maus auf wie ein Luftballon ... und sie ging zu unserem blonden Recken, hielt ihm die Blähung unter die Nase und sagte: Schau' mich an.

PUTZI *weiß, sie ist aufgestanden*: Ich ... ich mag das nicht.

NICK *zu George*: Hören Sie auf!

GEORGE: ... Schau' mich an. Ich bin aufgebläht wie ein Luftballon. Um Gottes willen, sagte unser blonder Recke ...

PUTZI *abwesend, wie von weither*: ... und dann heirateten sie ...

GEORGE: ... und dann heirateten sie ...

PUTZI: ... und dann ...

GEORGE: ... und dann ...

PUTZI *hysterisch*: Was?! Und dann was?!

NICK: Nein! Nein!

GEORGE *wie zu einem kleinen Kind*: ... und dann ließ sie die Luft wieder 'raus und die Blähung verschwand wie von Zauberhand ... pfschscht ...!

NICK *es ist ihm beinahe übel geworden*: Herrgottimhimmel!

PUTZI: ... Die Blähung verschwand ...

GEORGE *leise, zart*: ... Pfschscht ...!

NICK: Putzi ... ich hab's nicht so gemeint ... ich wollte dir nicht ... ich wollte nicht ...

PUTZI: Du ... du hast ihnen alles erzählt ...

NICK: Putzi ... ich hab' es nicht gewollt ...

PUTZI *außergewöhnliches Entsetzen*: Du ... du hast es ihnen erzählt! Du hast alles erzählt! Ooohhh! Oh, nein, nein, nein, nein! Wie konntest du nur ...?! Wie konntest du ...?! Oh, nein!

NICK: Putzi ... ich hab' es nicht gewollt ...

PUTZI *faßt sich an den Bauch*: Ooohhh ... Nei-ei-ein!

NICK: Putzi ... Kind ... es tut mir leid ... das hab' ich nicht gewollt ...

GEORGE *abrupt, einigermaßen angewidert*: Und so spielt man: »Die Gästefalle«.

PUTZI: Ich muß ... mir wird ... mir wird ... schlecht ...

GEORGE: Natürlich!

NICK: Putzi ...

PUTZI *hysterisch*: Laß mich in Ruhe ... mir wird ... wird ... schlecht ...

Sie läuft aus dem Zimmer.

MARTHA *kopfschüttelnd Putzis Abgang beobachtend*: Allmächtiger!

GEORGE *achselzuckend*: Die historische, ausgleichende Gerechtigkeit.

NICK *zitternd*: Sie hätten das nicht tun dürfen ... das hätten Sie nicht tun dürfen!

GEORGE *ruhig*: Ich kann Heuchler nicht ausstehen.

NICK: Es war grausam ... und bösartig ...

GEORGE: Sie kommt schon drüber weg ...

NICK: ... Sie haben Schaden angerichtet, der ...

GEORGE: Sie erholt sich bestimmt wieder ...

NICK: Sie haben m i r Schaden zugefügt!

GEORGE *wundernd*: Ihnen?

NICK: Mir!

GEORGE: Ihnen?!

NICK: Jawohl!

GEORGE: Großartig ... unbeschreiblich großartig! Bei Gott, nur ein Schwein weiß, wo die Trüffel stecken. *Ganz ruhig*. Sie müssen die zerrissenen zarten Bande eben wieder flicken, mein Junge ... Wenn etwas in die Brüche geht, klaubt man die Scherben wieder auf ... Halten Sie die Ohren steif und tun Sie, was in Ihren Kräften steht. Sie rappeln sich schon wieder hoch.

MARTHA *ruhig, zu Nick*: Kümmern Sie sich um Ihre Frau.

GEORGE: Ja, gehen Sie und klauben Sie die Scherben auf ... Und lassen Sie sich einen neuen Schlachtplan einfallen.

NICK *auf seinem Gang zur Halle*: Das wird Ihnen noch leid tun.

GEORGE: Vielleicht. Mir hat schon vieles im Leben leid getan.

NICK: Das wird Ihnen leid tun, dafür sorge ich.

GEORGE *leise*: Daran zweifle ich nicht. Es war eine bittere Pille, hm? Sie wurmt Sie sehr ... die Schande, was?

NICK: Ich spiel' noch Scharaden mit Ihnen, verlassen Sie sich drauf ... nach Ihren Spielregeln ... in Ihrer Sprache ... Ich werde genauso sein, wie Sie mich hingestellt haben.

GEORGE: So sind Sie schon längst, Sie wissen es nur nicht.

NICK *zittert innerlich*: Nein, bis jetzt war ich's nicht. In Wirklichkeit nicht. Aber ich werde es sein, Herr Professor ... Und wenn das Gestalt annimmt, was Sie in mir wachgerufen haben, wünschen Sie sich, das schwöre ich Ihnen, Sie wären nie auf den Gedanken gekommen, mich zu provozieren.

GEORGE: Gehen Sie 'raus zu Ihrer Frau und wischen Sie die Kotze auf.

NICK *leise, aber intensiv*: Machen Sie sich auf etwas gefaßt, Herr Professor.

Er geht ab. Pause. George lächelt Martha an.

MARTHA: Bravo, George.

GEORGE: Danke, Martha.

MARTHA: Das hast du gut gemacht.

GEORGE: Freut mich, daß es dir gefallen hat.

MARTHA: Du hast saubere Arbeit geleistet. Jetzt steckt die Karre endgültig im Dreck.

GEORGE: Ähem.

MARTHA: So lebhaft hab' ich dich schon lange nicht gesehen.

GEORGE: Du holst das Beste aus mir 'raus, mein Engel.

MARTHA: Von wegen! Jagd auf Zwerge!

GEORGE: Zwerge?!

MARTHA: Du bist wirklich ein Scheusal.

GEORGE: Ich? Ich?!

MARTHA: Ja, du.

GEORGE: Du fällst von einem Extrem ins andere. Seit wann ist dein Box-Champion ein Zwerg? Was willst du? Riesen?

MARTHA: Du machst mich krank.

GEORGE: Dir steht natürlich alles frei. Du darfst deine eigenen Regeln aufstellen. Du darfst um dich hauen und stechen wie ein wilder Watz und der halben Welt den Bauch aufschlitzen, wenn's dir paßt. Aber wehe, wenn es ein anderer tut ...!

MARTHA: Du jämmerlicher ...

GEORGE *macht sich über sie lustig*: Ich hab's doch nur dir zuliebe getan, mein Engel. Ich hab' gedacht, es macht dir Spaß. Es war doch eigentlich ganz nach deinem Geschmack ... so ein richtiges Gemetzel, ein Blutbad, mit allem, was dazugehört. Ich hab' mir gedacht, es regt dich auf ... ich hab' mir ausgemalt, wie du dich auf mich stürzest ... danach ... keuchend ... lechzend ... mit wogendem Busen ...

MARTHA: Du bist ja total besoffen, George.

GEORGE *schreit sie plötzlich an*: Himmelherrgottnochmal, Martha!

MARTHA: Es ist mein völliger Ernst. Du bist voll wie ein Sack.

GEORGE *er kann seinen Zorn kaum mehr beherrschen*: Du sitz'st da, in deinem Sessel ... Du sitz'st da und der Schnaps läuft dir aus dem Maul, du sabberst ... und du demütigst mich, du zerfetzt mich ... Die ganze Nacht ...! ... und das findest du völlig in Ordnung ... das findest du richtig ...

MARTHA: Du bist hart im Nehmen!

GEORGE: Ich bin es nicht!

MARTHA: Du bist es! Du hast es gern! Darum hast du mich geheiratet!
Pause.

GEORGE: Das ist eine schandbare, krankhafte Lüge.

MARTHA: Weißt du das denn nicht? Weißt du das noch immer nicht?

GEORGE *schüttelt den Kopf*: Ach ... Martha.

MARTHA: Meine Arme sind so schwach und müde, George, daß ich die Peitsche nicht mehr halten kann!

GEORGE *starrt sie ungläubig an*: Du bist verrückt.

MARTHA: Dreiundzwanzig lange Jahre!

GEORGE: Du bist geistig umnachtet ... Martha, du bist wahnsinnig.

MARTHA: Ich habe mir mein Leben anders vorgestellt!

GEORGE: Ich war immer der Meinung, daß du dich selber kennst ... ich wußte nicht ... Das habe ich nicht gewußt.

MARTHA *Wut überkommt sie*: Ich kenne mich.

GEORGE *als ob sie ein Insekt wäre*: Nein ... nein ... du bist ... krank.

MARTHA *steht auf, schreit*: Ich zeig' dir, wer krank ist!

GEORGE: Martha, nimm dich zusammen ... jetzt gehst du wirklich zu weit.

MARTHA *schreit wieder*: Ich zeig' dir, wer hier krank ist! Ich zeig' es dir!

GEORGE *schüttelt sie*: Hör' auf!
Er stößt sie in ihren Sessel zurück. Hör' endlich auf!

MARTHA *ruhiger*: Ich zeig' dir, wer krank ist. *Ruhiger*: Du hast heute deinen großen Tag, hm? Dich mach' ich fertig ... du wirst dir heut' noch wünschen ...

GEORGE: ... du und der Muskelmann ... ihr macht mich gemeinsam fertig, was?

MARTHA: ... Du wirst dir heut' noch wünschen, du wärst damals in dem Auto umgekommen, du Schwein.

GEORGE *er droht ihr eindringlich mit dem Zeigefinger*: Und du wirst dir heut' noch wünschen, du hättest nie unsern Sohn erwähnt!

Martha *mit triefender Verachtung*: Du ...

George: Ich habe dich gewarnt.

Martha: Du hast mich tief beeindruckt.

George: Ich hab' dich davor gewarnt, zu weit zu gehen.

Martha: Jetzt fang' ich erst an!

George *ruhig, sachlich*: Ich bin schon so abgestumpft ... nicht vom Alkohol, obwohl er vielleicht in diesem schleichenden Siechprozeß auch eine Rolle spielt ... – Jahr um Jahr langsam aber sicher die Gehirnzellen einschläfert ... – Ich bin heute schon so abgestumpft, daß ich imstande bin, dich zu ertragen, wenn wir allein sind. Ich höre dir einfach nicht zu ... und wenn ich dir zuhöre, bleibt alles im Sieb dieser Stumpfheit hängen ... Meine Reaktionen sind nur noch die Reflexbewegungen eines Automaten ... In Wirklichkeit dringt nichts mehr in mich hinein, was von dir kommt ... Nur so ist es zu ertragen. Aber jetzt hat dich das Fahrwasser, in dem du seit einigen Jahrhunderten schwimmst – oder wer weiß, wie lange wir schon gemeinsam in diesem Haus leben – jetzt hat dich dieses Fahrwasser schließlich an einen Punkt geschwemmt, wo's nicht mehr weitergeht. Du liegst auf dem Trockenen. Es geht nicht mehr weiter. Es macht mir nichts aus, wenn du deine schmutzige Unterwäsche in aller Öffentlichkeit wäschst ... besser gesagt: es macht mir etwas aus, aber ich habe mich damit abgefunden. Aber seit du dich mit Sack und Pack in die Welt deiner absurden Wahnvorstellungen verkrochen hast und in deiner Verrücktheit unentwegt Variationen auf dein altes Thema spielst und als Folge davon ...

Martha: Ach, quatsch doch nicht!

George: Glaube mir, Martha ...

Martha: Quatsch nicht soviel!

George: Du kannst natürlich so weitermachen. Und wenn es dann soweit ist ...

Martha: Hast du dir schon 'mal zugehört, George? Weißt du, wie du sprichst? Es liegt dir gar nichts daran, daß der andere dich versteht ... Du bist ein geistiger Onanist ... Du bist verschroben ... verschwommen. Du sprichst genauso, wie du deine idiotischen Vorlesungen schreibst.

GEORGE: Allen Ernstes, Martha, du machst mir Sorgen. Dein Geisteszustand macht mir Sorgen.

MARTHA: Kümmer' dich um deinen eigenen Geisteszustand, und laß mich zufrieden, mein Schatz!

GEORGE: Ich glaube, ich muß dich auf deinen Geisteszustand untersuchen lassen.

MARTHA: Was mußt du?

GEORGE *ruhig, deutlich*: Dich untersuchen lassen.

MARTHA *bricht in schallendes Gelächter aus*: Ach, mein Schatz, du bist wirklich unbezahlbar.

GEORGE: Es muß doch möglich sein, dich unterzukriegen.

MARTHA: Du hast mich längst untergekriegt, George ... Du brauchst nichts mehr zu tun. Dreiundzwanzig Jahre deiner Gesellschaft sind vollauf genug.

GEORGE: Willst du nicht endlich Ruhe geben?

MARTHA: Weißt du, was passiert ist, George? Willst du wissen, was tatsächlich passiert ist?

Sie schnippt mit Daumen und Mittelfinger.

Das Schloß ist zugeschnappt ... schließlich doch noch zugeschnappt. Nicht ich bin übergeschnappt, es hat geschnappt.

Sie macht mit Daumen und Mittelfinger wieder das Geräusch.

Und unser ganzes Arrangement ist beim Teufel. Man lebt dahin ... eine Ewigkeit ... und alles scheint ... überwindbar. Man findet tausend Ausreden für sich selber ...: so ist eben das Leben ... der Teufel soll's holen, vielleicht stirbt er morgen ... vielleicht sterb' ich morgen ... — tausend Ausreden. Und plötzlich, eines Tages, eines Nachts ... geschieht etwas ...: Klick! Das Schloß schnappt zu. Und alles ist einem plötzlich vollkommen wurscht. Ich habe wirklich mein Möglichstes getan, mein Schatz ... Ich habe alles mit dir versucht.

GEORGE: Mach's billiger, Martha!

MARTHA: Wirklich ... ich hab' mein Möglichstes getan.

GEORGE *fast bewundernd*: Du bist ein Ungeheuer, so wahr ich lebe.

MARTHA: Ich bin laut, ich bin vulgär, ich trag' die Hosen in diesem Haus, weil sie ja schließlich jemand tragen muß

... aber ich bin kein Ungeheuer. Ich bin kein Ungeheuer!

GEORGE: Du bist verdorben, in dich selbst verliebt, launisch, pervers, schnapssüchtig ...

MARTHA: Klick! Klick hat's gemacht. Das Schloß ist zugeschnappt! Endgültig! Und ich versuche nicht, ich versuche nicht mehr, durch die Wand zu brechen, die uns trennt. Nie mehr! Es gab einen Punkt – noch vor wenigen Sekunden – da hätten wir zusammenkommen können, da hätten wir uns aus dieser Scheiße hochrappeln können, aber das ist vorbei. Und jetzt ist jeder Versuch sinnlos geworden

GEORGE: Jeden Monat einmal, Martha! Einmal im Monat! Ich habe mich längst daran gewöhnt ... Einmal im Monat bescherst du mir die unverstandene kleine Martha mit der rauhen Schale und dem guten Kern, das gutherzige Mädchen in der Zwangsjacke, die Jungfrau, die ein Hauch von Güte wieder zum Erröten brächte. Ich bin zu oft drauf 'reingefallen, öfter als mir lieb ist. Ich denke nicht gern an den Trottel, den du aus mir gemacht hast. Ich glaube dir nicht mehr ... ich glaube dir einfach nicht. Der Punkt, an dem wir beide uns treffen könnten, existiert schon lange nicht mehr.

MARTHA *wieder gewappnet*: Vielleicht hast du recht. Mit einem Nichts kann man sich nicht treffen, und du bist ein Nichts! Klick! Auf Papas Party heut' abend hat's klick gemacht.

Triefende Verachtung, aber darunter liegt hilflose Wut und Verlorenheit

Ich habe dich beobachtet .... auf Papas Party ... Ich hab' dagesessen und hab' dich beobachtet ... wie du 'rumhocktest. Und ich hab' die jüngeren Männer um dich herum beobachtet, die Männer, aus denen eines Tages etwas werden wird. Ich hab' gesessen und hab' dich beobachtet ... Und du warst gar nicht vorhanden! Und da schnappte das Schloß zu! Es schnappte schlußendlich, endgültig zu! Und ich schrei' es heraus, und es ist mir ganz gleichgültig, was passiert, und ich mach' einen Krach, wie du ihn noch nie erlebt hast.

GEORGE *gestochen*: Bitte! Ich fange dich in deiner eigenen Schlinge.

MARTHA *hoffnungsvoll*: Drohst du mir, George? Hm?

GEORGE: Ja, ich drohe dir, Martha.

MARTHA *sie tut, als ob sie ihn anspucken würde*: Dann mach' dich auf etwas gefaßt, mein Schatz.

GEORGE: Ich warne dich, Martha ... ich reiße dich in Stücke.

MARTHA: Dazu braucht's einen Mann mit Mumm in den Knochen.

GEORGE: Willst du den totalen Krieg?

MARTHA: Von mir aus ...: Totaler Krieg.

Stille. Sie scheinen beide erleichtert zu sein, wieder im Besitz ihrer Kräfte, hochmütig. Nick kommt zurück.

NICK *reibt sich die Hände wie nach getaner Arbeit*: So, sie ... sie ruht sich jetzt aus.

GEORGE *Nicks ruhiges Gehaben – er tut, als ob nichts geschehen wäre – belustigt George*: Ach?

MARTHA: Geht's ihr besser?

NICK: Ich glaube schon ... es geht ihr nachher immer besser. Es tut mir furchtbar leid ...

MARTHA: Machen Sie sich nichts draus.

GEORGE: Das gehört bei uns zur Tagesordnung.

NICK: Sie erholt sich sicher bald wieder.

MARTHA: Hat sie sich hingelegt? Haben Sie sie raufgebracht? Sie kann sich oben in ein Bett legen ...

NICK *während er sich an der Bar zu schaffen macht*: Nein, sie liegt ... darf ich ...? ... sie liegt im Bad ... auf'm Fußboden ... sie liegt im Badezimmer ...

GEORGE: Das ist aber nicht sehr gemütlich.

NICK: Sie hat's gern. Sie sagt ... es sei so angenehm kühl.

GEORGE: Trotzdem ... ich glaube nicht ...

MARTHA *überstimmt ihn*: Wenn sie im Badezimmer auf'm Fußboden liegen will, laß sie.

Zu Nick, ernsthaft.

Vielleicht wär's in der Wanne bequemer?

NICK *er ist auch ganz ernsthaft*: Nein, sie sagt, auf'm Fußboden sei ihr wohler ... Sie hat die Fußmatte beiseite geschoben und liegt auf den Fliesen ... Sie liegt oft auf'm Fußboden ... wirklich.

Martha: Ach.

Nick: Sie ... sie leidet häufig unter Kopfschmerzen und so ... dann legt sie sich immer auf den Fußboden. *Zu George*: Gibt's noch Eis?

George: Was?

Nick: Eis? Gibt's noch Eis?

George *als ob er das Wort noch nie gehört hätte*: Eis?

Nick: Eis. Ja.

Martha: Eis.

George *als ob er plötzlich verstünde*: Eis!

Martha: Bravo, mein Junge.

George *ohne sich zu rühren*: Ja, natürlich ... ich hol's gleich.

Martha: So geh' schon. *Sie schaut Nick verführerisch an.* Wir möchten sowieso allein sein.

George *er geht zur Bar, wo der Eiskübel steht*: So erstaunlich wär' das gar nicht, Martha ... ganz und gar nicht.

Martha *als ob sie beleidigt wäre*: Ach, das wär' nicht erstaunlich, hm?

George: Aber nicht im geringsten, Martha.

Martha *heftig*: Nicht im Geringsten?!

George *ebenso*: Nein! Nicht im Geringsten! *Wieder ruhig*: Dir ist jedes Mittel recht, Martha, das war schon immer so. *Er nimmt den Eiskübel.*

Nick *um die Situation zu überbrücken*: Sie ist eben ... eben schwach ... und ...

George: ... schmalhüftig.

Nick *erinnert sich*: Ja ... das auch.

George *beim Türbogen, der in die Halle führt, unfreundlich*: Haben Sie deshalb keine Kinder? *Er geht ab.*

Nick *hinter dem abgehenden George her*: Ich weiß nicht, ob das ... etwas ...

Seine Antwort versandet, da George abgeht, ohne auf ihn zu hören.

... ob das etwas ... mit irgend etwas zu tun hat ...

Martha: Und wenn? Wen kümmert's, hm?

Nick: Bitte?

Martha wirft ihm eine Kußhand zu.

7/541

NICK *ist immer noch mit Georges Bemerkung beschäftigt*: Ich ... was sagen Sie? ... ich bitte um Entschuldigung ...

MARTHA: Ich hab' gesagt ... *sie wirft ihm wieder eine Kußhand zu.*

NICK *fühlt sich unbehaglich*: Ach, so ... ja ...

MARTHA: Komm ... gib mir eine Zigarette ... Casanova ...
Nick angelt in seinen Taschen nach einer Zigarette
... das ist brav.
Er gibt ihr eine Zigarette.
Dankeschön.
Er gibt ihr Feuer. Während er das tut, läßt sie ihre Hand zwischen seine Beine gleiten, irgendwo zwischen den Knien und dem Schritt. Die Hand erscheint schließlich wieder an der Außenseite eines seiner Schenkel.
Mmmmhhhh.
Er scheint sich unsicher zu fühlen, aber er rührt sich nicht. Sie lächelt und bewegt ihre Hand ein wenig hin und her.
Und weil du so ein lieber Junge bist, darfst du mich küssen. Na ... komm.

NICK *nervös*: Bitte ... ich glaube, wir sollten nicht ...

MARTHA: Hab' dich doch nicht so, mein Schätzchen ... ein Küßchen in Ehren ...

NICK *immer noch unsicher*: Ich glaube nicht ...

MARTHA: Ich tu dir nicht weh, Kleiner ...

NICK: ... So klein nun auch wieder nicht ...

MARTHA: Das glaub' ich dir auf's Wort ... Na, wie steht's?

NICK *wird weicher*: Wenn er aber gleich zurückkommt ... oder ...

MARTHA *während ihre Hand an seinem Bein spielt*: George? Ach, der! Außerdem ... was kann er gegen einen freundschaftlichen kleinen Kuß einwenden? Es bleibt ja alles in unserer College-Familie.
Sie lachen beide leise. Nick ist ein wenig nervös.
»Wir bilden alle zusammen eine große Familie ...« Das stammt nicht von mir, Papa sagt das immer ... Papa besteht darauf, daß wir uns kennenlernen ... darum hat er heut' abend auch die Party gegeben ... Also los, lernen wir uns kennen!

NICK: Nicht, daß ich nicht möchte ... glauben Sie mir ...

MARTHA: Du bist doch Wissenschaftler, nicht? Na, also ... Mach' ein Experiment ... mach' ein kleines, niedliches Experimentchen ... Experimentier' mit der guten alten Martha ...

NICK *gibt klein bei*: ... So alt nun auch wieder nicht ...

MARTHA: ... Wie recht du hast. Ganz so alt nun auch wieder nicht ... Aber immerhin mit großer Erfahrung ... haufenweise ...

NICK: Davon bin ich ... bin ich überzeugt.

MARTHA *während sie langsam näher zusammenrücken*: Ist doch auch eine hübsche Abwechslung für dich.

NICK: Ja, weiß Gott.

MARTHA: Und du kehrst erfrischt und gestärkt zu deiner kleinen Frau zurück.

NICK *leise, er flüstert fast*: Die merkt keinen Unterschied.

MARTHA: Und außer ihr merkt auch sonst niemand 'was.

Sie sind jetzt ganz nahe beieinander. Was zuerst noch hätte Spaß sein können, wird jetzt Ernst, hauptsächlich von Martha provoziert. Es ist keine plötzliche Leidenschaftlichkeit, eher ein langsam wachsendes, gegenseitiges Besitzergreifen. Martha bleibt dabei mehr oder weniger in ihrem Sessel, während Nick neben und auf ihrem Sessel ist. George kommt zurück, bleibt stehen, beobachtet einen Augenblick, lächelt, lacht lautlos, nickt, dreht sich um und geht unbemerkt wieder hinaus. Nick, der seine Hand schon auf Marthas Busen hatte, steckt sie jetzt in den Halsausschnitt ihres Kleides.

MARTHA *bremst ihn ab*: He ... he-da! ... sachte, mein Junge ... nimm die Hand da weg ... wir wollen nichts überstürzen, hm?

NICK *seine Augen sind immer noch geschlossen*: Ach, laß doch ...

MARTHA *stößt ihn weg*: Nichts da. Später, mein Junge ... später.

NICK: Ich bin nicht Mathematiker ... ich bin Biologe, das weißt du doch.

MARTHA *besänftigt ihn*: Ja, ich weiß. So 'was spür' ich. Später, hm?!

Hinter der Bühne hört man George »Wer hat Angst vor

Virginia Woolf?« singen. Martha und Nick lösen sich voneinander, Nick wischt sich den Mund ab, Martha bringt ihr Kleid in Ordnung. George läßt ihnen genügend Zeit und tritt dann mit dem vollen Eiskübel auf.

GEORGE: »... vor Virginia Woolf, Virginia Woolf, Virginia ...« So! Hier ...! Eis auf die Häupter der Wissenschaft! Öl auf die Lampe! *Zu Nick*: Gieß nicht zuviel Öl ins Feuer, mein Junge, sonst gehst du in Flammen auf. Darum: Streu' Eis auf dein Haupt, Junge! – Warum läufst du nicht über ... zu mir? Wir machen gemeinsam Hackfleisch aus den beiden, teilen ihr Geld ehr- und redlich, und leben für den Rest unseres Lebens wie Gott in Frankreich. Na? Was sagst du?

NICK *er hat keine Ahnung, wovon die Rede ist*: Was? Ja ... klar ... sicher. He ... Eis!

GEORGE *mit schrecklich falscher Begeisterung*: Jawohl, Eis! *Er schnurrt Martha wie ein Kater an.*
Martha, mein Täubchen ... du siehst bezaubernd aus ... du strahlst ja förmlich ...

MARTHA *nichtssagend*: Danke.

GEORGE *sehr fröhlich*: So. Was kommt jetzt? Das Eis habe ich überbracht ...

MARTHA: ... gebracht ...

GEORGE: Überbracht, Martha. Überbracht ist absolut korrekt. Es ist vielleicht ein bißchen altmodisch, mag sein ... wie du ...

MARTHA *argwöhnisch*: Warum bist du eigentlich so fröhlich?

GEORGE *ignoriert ihre Bemerkung*: Das Eis habe ich überbracht ... also ...: Will jemand noch 'was trinken? Martha, willst du 'was trinken?

MARTHA *mutwillig*: Warum nicht?

GEORGE *nimmt ihr Glas*: Ja, natürlich ...: warum nicht! *Er untersucht Marthas Glas.* Martha! Du hast schon wieder an deinem Glas geknabbert!

MARTHA: Das ist nicht wahr!

GEORGE *zu Nick, der an der Bar steht*: Sie bedienen sich selber, das ist gut so ... sehr gut. Martha fülle ich höchstpersönlich ab ... So, jetzt kann's weitergehen.

MARTHA *argwöhnisch*: Was kann weitergehen?

GEORGE *Pause, er denkt nach*: Ich weiß eigentlich nicht ... wir geben eine Party, oder nicht?

Zu Nick, der sich von der Bar entfernt hat.

Ich bin in der Halle an Ihrer Frau vorbeigekommen. Ich will sagen: ich bin am Klo vorbeigekommen und hab' kurz 'reingeschaut. Sie schläft ganz tief und friedlich ... sooo friedlich ... und sie lutscht am Daumen.

MARTHA: Aaachchch!

GEORGE: Sie liegt auf den Fliesen ... zusammengerollt wie ein Fötus ... und lutscht drauflos, was das Zeug hält.

NICK *fühlt sich ein wenig unbehaglich*: So ist's ihr sicher am wohlsten.

GEORGE *mitfühlend*: Sicher.

Gibt Martha ihr Glas.

Hier, dein Schnaps.

MARTHA *immer noch auf der Hut*: Danke.

GEORGE: Und jetzt bin ich an der Reihe.

MARTHA: Nie, mein Schatz ... du bist nie an der Reihe.

GEORGE *übertrieben fröhlich*: Hm, das würd' ich nicht sagen, Martha.

MARTHA: Du wirst dein Leben lang Schlange stehen ... Wobei in deinem Fall die Schlange ein Wurm ist ... ein Würmchen ... um nicht zu sagen: ein Würstchen! In der Schlange, in der du stehst, wartet man höchstens auf den Sarg.

GEORGE *kichert und nimmt sein Glas*: Gar nicht schlecht, Martha ... spinn' den Gedanken weiter ... begeistere dich, erhitze dich daran ... Ich, für mein Teil, ich setze mich jetzt ein bißchen ... – Wenn du die Güte hast, mich zu entschuldigen, setze ich mich jetzt hin und lese mein Buch.

Er nimmt einen Stuhl und plaziert ihn so, daß die Rücklehne der Mitte des Raumes zugewendet ist, nicht weit von der Haustür entfernt, über der die Türglocken hängen.

MARTHA: Was tust du?

GEORGE *ruhig und deutlich*: Ich lese mein Buch. Lesen. Lesen. Lesen?! Du weißt doch, was das bedeutet?

Er nimmt ein Buch zur Hand.

MARTHA *steht auf*: Was soll das heißen? Lesen? Jetzt?! Was ist denn in dich gefahren?

GEORGE *übertrieben ruhig*: Nichts, Martha ... Ich will mein Buch lesen, weiter nichts.

MARTHA *ungeheuer wütend*: Wir haben Gäste!

GEORGE *übergeduldig*: Ich weiß, mein Liebling ... *er schaut auf die Uhr* ... aber es ist schon nach vier, und ich lese immer um diese Zeit. Kümmere du dich ...

Er entläßt sie mit einer Handbewegung.

... kümmer' du dich um die Gäste ... und ich setze mich in aller Ruhe hin ...

MARTHA: Du liest am Nachmittag! Nachmittags liest du immer um vier! Du liest nicht um vier Uhr früh! Kein Mensch liest um vier Uhr früh!

GEORGE *vertieft sich in seine Lektüre*: Nicht doch, Martha, nicht doch ...

MARTHA *fassungslos, zu Nick*: Jetzt setzt der sich hin und liest ...! Der Armleuchter setzt sich einfach hin und liest!

NICK *lächelt leicht*: Ja, es sieht so aus.

Er geht auf Martha zu und legt einen Arm um ihre Taille. George sieht es natürlich nicht.

MARTHA *hat einen Einfall*: Wir vertreiben uns die Zeit auch ohne ihn, was?

NICK: Ich glaube schon.

MARTHA: Wir amüsieren uns auch ohne dich, George.

GEORGE *ohne aufzublicken*: Das hoffe ich. Viel Vergnügen.

MARTHA: Es könnte aber sein, daß du an unserem Zeitvertreib keinen Gefallen findest.

GEORGE *blickt nicht auf*: Aber nein, warum denn ...? Mach' nur ... Vertreib' deinen Gästen die Zeit ...

MARTHA: Ich will mich selber aber auch amüsieren.

GEORGE: Recht hast du, Martha ...

MARTHA: Das ist ja ein tolles Ding!

GEORGE: So ...?

MARTHA: Aber was i c h jetzt vorhabe, ist mindestens ein so tolles Ding, George!

GEORGE: Das freut mich für dich, Martha.

Nick nimmt Marthas Hand und zieht Martha an sich. Sie sehen sich einen Augenblick an, dann küssen sie sich lang.

MARTHA *nach dem Kuß*: Weißt du, was ich tue, George?

GEORGE: Nein, Martha ... Was tust du?

MARTHA: Ich unterhalte einen Gast. Ich halte ihn unter. Ich knutsche mit unserm Gast.

GEORGE *macht den Eindruck völliger Gelöstheit und Abwesenheit. Er schaut nie auf*: Wie nett. Mit welchem?

MARTHA *leichenblaß*: Du findest dich wohl ungeheuer komisch?! Menschenskind, du bist zum Totlachen!
Sie löst sich abrupt von Nick und stellt sich vor George auf. Sie steht nicht mehr ganz sicher auf den Füßen und streift oder stößt an die Türglocken über der Haustür.

GEORGE: Es ist jemand an der Tür, Martha.

MARTHA: Das ist mir vollkommen wurscht. Ich hab' gesagt, ich knutsche mit einem Gast!

GEORGE: Hoffentlich macht's dir Spaß. Laß dich nicht stören.

MARTHA *ist ratlos, sie weiß nicht, was sie sagen soll*: ... Ich soll mich nicht ...

GEORGE: ... stören lassen, ja ... wenn's dir Spaß macht.

MARTHA *kneift die Augen zusammen, ihre Stimme wird hart und böse*: Jetzt weiß ich, was du bist, du lausiger, alter ...

GEORGE: Ich bin auf Seite hundertsechsundzwanzig ...

MARTHA: Halt die Kl ppe! *Sie stößt wieder an die Türglocken*: Verdammte Bimmeln!

GEORGE: Glocken, Martha, Glocken. Geh' knutschen und laß' mich in Frieden. Ich will lesen.

MARTHA: Du lausiger, alter Ziegenbock ...! Dir zeig' ich's!

GEORGE *wendet sich Martha brüsk zu und sagt ihr haßerfüllt ins Gesicht*: Nein, Martha, zeig's i h m ... e r kennt's noch nicht! V i e l l e i c h t kennt er's noch nicht, mit Sicherheit läßt sich das nicht sagen.
Wendet sich weg, zu Nick: Sie kennen's doch noch nicht, hab' ich recht?

NICK *wendet sich mit angewidertem Ausdruck ab*: Ich habe keinen Funken Achtung vor Ihnen ...

GEORGE: Und vor Ihnen selber wohl auch nicht, hm ...? *Er zeigt auf Martha.* Ich versteh' die Jugend nicht mehr.

NICK: Sie machen sich überhaupt nichts ... aber auch gar nichts ...

GEORGE: Sie haben vollkommen recht: ich mache mir gar nichts draus. Ich wüßte nichts, was mir gleichgültiger wäre. Also bitte, nehmen Sie den alten Wäschesack, werfen Sie ihn über die Schulter und ...

NICK: Sie sind ekelhaft.

GEORGE *ungläubig*: Ach! Sie sind drauf und dran Martha zu behüpfen, und ich bin ekelhaft?!

Er bricht in schallendes Gelächter aus.

MARTHA: Du Stück Dreck! *Zu Nick*: Geh raus und wart' draußen auf mich, hm? Geh' und wart' in der Küche auf mich.

Nick rührt sich nicht. Martha geht zu ihm hin und legt die Arme um ihn.

Bitte ... bitte. Wart' draußen in der Küche auf mich ... Sei ein lieber Junge.

Nick läßt sich küssen, starrt George an, der sich wieder abgewendet hat, und geht dann ab. Martha dreht sich abrupt zu George um.

Jetzt hör' mir gut zu ...

GEORGE: Ich möchte viel lieber lesen, Martha, wenn's dir nichts ausmacht ...

MARTHA *ist vor Zorn den Tränen nahe, vor Demütigung außer sich vor Wut*: Es macht mir aber etwas aus! Entweder du gibst dein fieses Spielchen sofort auf, oder ich schwör' bei Gott, ich tu's! Ich schwöre bei Gott, ich folg' dem Kerl in die Küche, nehm' ihn mit mir 'rauf und ..

GEORGE *dreht sich ihr brüsk wieder zu, laut, haßerfüllt*: Und wenn schon, Martha!

MARTHA *überlegt einen Augenblick, dann zieht sie sich mit einem Kopfnicken, langsam rückwärts gehend, zurück:* Na, gut ... gut ... du hast es gewollt – du sollst es haben!

GEORGE *leise, traurig*: Menschenskind, Martha, wenn du auf den Jungen so scharf bist ... so nimm ihn dir doch. Aber sei dir selber gegenüber ehrlich. Du hast doch dieses Affentheater nicht nötig ... um es zu beschönigen!

MARTHA: Du wirst es noch bitter bereuen, daß du mich einmal beschwatztest, dich zu heiraten. *Im Türbogen zur Halle.* Du wirst den Tag verfluchen, an dem du den Fuß in dieses College setztest. Du wirst es noch bitter bereuen, daß du dich in meine Hand gegeben hast.

Sie geht ab. George sitzt bewegungslos und starrt vor sich hin. Äußerlich ganz ruhig, nimmt er seine Lektüre wieder auf, liest einen Augenblick, schaut wieder auf, überlegt ...

GEORGE: » ... und der Westen, durch lähmende Bündnisse behindert, mit einem Sittenkodex belastet, der zu starr ist, um sich mit dem Lauf der Ereignisse zu wandeln, muß ... eines Tages ... zugrunde gehen«.

Er lacht kurz auf, jämmerlich, erhebt sich, das Buch in der Hand, und bleibt unbeweglich stehen. Dann sammelt sich plötzlich die ganze zurückgestaute Wut in ihm, es schüttelt ihn, er schaut auf das Buch in seiner Hand, und mit einem Schrei, der sich von Zähneknirschen bis zum Geheul steigert, schleudert er das Buch auf die Türglocken, die in wildem Durcheinander läuten. Eine kurze Pause tritt ein. Dann tritt Putzi auf.

PUTZI *ist in einem schlimmeren Zustand als zuvor: todmüde, halb schlafend, schwach. Es ist ihr immer noch übel, sie schwankt immer noch unsicher, sie befindet sich zwischen Wachen und Schlafen in einer Traumwelt*: Glockengeläute! Ich hab was läuten gehört!

GEORGE: Allmächtiger!

PUTZI: Ich hab' nicht schlafen können ... wegen der Glokken. Ding-ding-bong ... es hat mich geweckt. Wie spät ist es?

GEORGE *leise, aber immer noch außer sich*: Lassen Sie mich in Ruhe.

PUTZI *verwirrt und ängstlich*: Ich hab geschlafen, und dann haben die Glocken geläutet ... ein Hummen und Summen ... ein Sausen und Brausen ... bing-bing-bong-bumm!

GEORGE: Bumm! Die Gedächtniskirche!

PUTZI: Ich hab' geschlafen, und ich hab' geträumt ... etwas geträumt ... und dann kamen diese Töne ... immer näher ... und ich hab' nicht gewußt, was es ist ...

GEORGE *richtet sich nie ganz an sie*: Leiber, die aufeinanderprallen ...

PUTZI: Ich hab' gar nicht aufwachen wollen ... aber die Töne sind immer näher und näher gekommen ...

GEORGE: Legen Sie sich wieder hin ...
PUTZI: ... und da kriegte ich es mit der Angst!
GEORGE *leise, zu Martha, als ob sie sich im Zimmer befände*: Das zahle ich dir heim, Martha ... ich schwör's dir ...
PUTZI: ... Und es war so ... kalt. Der Wind ... der Wind war so kalt! Und ich lag irgendwo ... und die Decke wurde mir immer wieder weggezogen ... und ich wollte das nicht ...
GEORGE: Auf irgendeine Weise, Martha.
PUTZI: ... Und dann das Glockengeläute ... Und es war auch jemand bei mir ...!
GEORGE: Niemand. Kein Mensch.
PUTZI *angsterfüllt*: ... Aber ich wollte niemanden bei mir haben ... ich war ... nackt!
GEORGE: Sie haben überhaupt nichts begriffen, hm? Sie haben keine Ahnung, was vorgeht?
PUTZI *immer noch mit ihrem Traum beschäftigt*: Ich will keine ... Nein ...!
GEORGE: Sie haben keine Ahnung von dem, was sich hier abspielte, während Sie ihr Nickerchen machten, hm?
PUTZI: Nein ...! Ich will keine ... Ich will sie nicht ... Laß mich ...
Sie beginnt zu weinen.
Ich will ... keine ... Kinder ...! Ich ... will ... keine ... Kinder. Ich hab' Angst! Tu' mir nicht weh ... Bitte!
GEORGE *kopfnickend, mitleidig*: Ich hätt' es wissen müssen.
PUTZI *erwacht plötzlich aus ihrem Traum*: Was? Was?!
GEORGE: Ich hätt's wissen müssen ...: Die Kopfschmerzen, das Gejammer, das ganze Theater ...
PUTZI *zu Tode erschrocken*: Wovon reden Sie?
GEORGE *wieder bösartig*: Weiß er es? Weiß der ... Zuchtbulle, mit dem Sie verheiratet sind, Bescheid, hm?
PUTZI: Über was? Bleiben Sie mir vom Leib!
GEORGE: Keine Angst, Kindchen ... sowas tu' ich nicht ... Mensch, wär' das ein Witz! Aber keine Angst, Kindchen, ich tu's nicht. – Na! Wie machen Sie's denn? Hm? Wie begehen Sie Ihre geheimen kleinen Morde, von denen Ihr

Zuchtbulle nichts weiß, hm? Pillen? P i l l e n ? Haben Sie einen heimlichen Pillenvorrat? Oder was? Quittengelee? W i l l e n s k r a f t ?

PUTZI: Mir wird schlecht.

GEORGE: Müssen Sie wieder kotzen? Möchten Sie sich wieder auf die kalten Fliesen legen ... die Knie bis zum Kinn angezogen und den Daumen im Mund ...?

PUTZI *panische Angst*: Wo ist er?

GEORGE: Wo ist wer? Hier ist kein Mensch, Kindchen.

PUTZI: Ich will meinen Mann! Ich will einen Kognak!

GEORGE Kriechen Sie zur Bar rüber und schenken Sie sich einen ein.

Aus der Küche hinter der Bühne hört man Marthas Gelächter und Zerbrechen von Geschirr.

GEORGE *schreit*: So ist's recht! Nur immer drauf los!

PUTZI: Ich möchte ... irgend etwas ...

GEORGE: Wissen Sie, was sich dort draußen abspielt, Fräuleinchen? Hm? Hören Sie's? Wissen Sie, was sich dort abspielt?

PUTZI: Ich will es nicht wissen! Nichts will ich wissen.

GEORGE: Dort draußen in der Küche tummelt sich ein gewisses Paar ...

Man hört wieder Marthas Gelächter.

... in der Küche, zwischen Zwiebelschalen und Kaffeeresten ... dort draußen in der Küche hält die »Sturmflut der Zukunft« auf dem Küchenboden ihre Generalprobe ab!

PUTZI *außer sich*: Ich ... ich ... verstehe Sie nicht ...

GEORGE *mit abstoßendem Hochmut*: Es ist ganz einfach ...: Wenn Menschen sich nicht damit abfinden können, daß die Dinge so sind wie sie sind ... wenn Menschen sich mit der Gegenwart nicht abfinden können, dann gibt es nur eine von zwei Möglichkeiten: entweder sie ... entweder sie suchen in der Vergangenheit Zuflucht – wie ich – oder sie ziehen aus, um die Zukunft in neue Bahnen zu lenken. Und wo Menschen etwas ändern wollen ... da bumst es! Da wird gebumst! B u m s ! B u m s ! B u m s !

PUTZI: Hören Sie auf!

GEORGE: Und Sie ... Sie einfältige, versaute Göre ... Sie wollen also keine Kinder?

PUTZI: Lassen Sie mich ... in Ruhe! Wer ... Wer hat geläutet?!

GEORGE: Was?

PUTZI: Was war mit den Glocken? Wer hat geläutet?

GEORGE: Sie wollen's gar nicht wissen, hm? Sie wollen's nicht hören, was –?

PUTZI *zitternd*: Ich will's nicht von Ihnen hören ... Ich will wissen, wer geläutet hat.

GEORGE: Ihr Mann ist ... – Wollen Sie wirklich wissen, wer geläutet hat?

PUTZI: Wer hat geläutet? Es hat einer geläutet!

GEORGE *eine Idee hat von ihm Besitz ergriffen, er steht mit offenem Mund da*: ... Einer ...

PUTZI: Geläutet!

GEORGE: ... einer ... hat ... jawohl ... geläutet ... jawohl ...

PUTZI: Die Glocken ...

GEORGE *seine Gedanken jagen sich*: Die Glocken haben geläutet ... und einer hat ...

PUTZI: Jemand ...

GEORGE *hat sich gefaßt*: Jemand hat geläutet ... jemand, der ... Ich hab's, Martha, ich hab's! Jemand, der eine Nachricht zu überbringen hatte ... Und die Nachricht ... betraf ... unsern Sohn ... unsern Sohn!

Fast geflüstert: Die Nachricht ... es läutete ... und die Nachricht war ... unser Sohn ... das war die Nachricht ... unser Sohn ... ist ... tot!

PUTZI, *es wird ihr beinahe wieder übel*: Oh ... nein ...!

GEORGE *bekräftigt es noch einmal*: Unser Sohn ist ... tot ... Und ... Martha weiß von nichts ... ich habe Martha ... nichts davon gesagt.

PUTZI: Nein ... nein ... nein!

GEORGE *absichtlich ganz langsam*: Unser Sohn ist tot und Martha weiß es nicht.

PUTZI: Ach, Gott im Himmel ... nein!

GEORGE *zu Putzi, absichtlich langsam und leidenschaftslos*: Und Sie dürfen ihr nichts sagen.

PUTZI *in Tränen aufgelöst*: Ihr Sohn ist tot.

GEORGE: Ich sag' es ihr selber, wenn der Augenblick gekommen ist. Ich sag's ihr selber.

PUTZI *am Rande ihrer Kraft, fast gehaucht*: Mir wird schlecht.

GEORGE *wendet sich von ihr ab, auch das leise*: Ja . . .? Wie nett.

Man hört Marthas Gelächter wieder.

Hören Sie sich das an.

PUTZI: Ich sterbe . . .

GEORGE *mit sich selber beschäftigt*: Tun Sie, was Sie nicht lassen können.

Ganz leise, damit Martha ihn unter keinen Umständen hört:

Martha? Martha? Ich muß dir . . . etwas Entsetzliches erzählen.

Ein merkwürdiges halbes Lächeln liegt auf seinem Gesicht.

Es betrifft . . . unsern Sohn. Er ist tot. Hörst du, Martha? Unser Junge ist tot.

Er beginnt zu lachen, sehr leise; ein Lachen, das auch ein Weinen sein könnte.

Vorhang

DRITTER AKT

MARTHA *hinter der Bühne, ziemlich laut*: Hallo! He, hallo! *Sie tritt auf, mit sich selber sprechend*: Wo seid ihr alle?! *Es macht ihr offensichtlich nichts aus, daß sie allein ist.* Na, gut, werft mich weg! Rupft mich aus wie eine Schlingpflanze ... was-weiß-ich ...? ... wie eine ... Klette ... und schmeißt mich über die Schulter wie einen alten Schuh ...! George? *Sie schaut sich um.* George?!
Stille.
George! Was tust du? Spielst du Verstecken?!
Stille.
G e o r g e !
Stille.
Scheibenkleister!
Sie geht zur Bar, schenkt sich einen Schnaps ein und amüsiert sich für sich allein mit folgender Darbietung.
Verlassen! Sitzengelassen! Ausgesetzt! Der Kälte preisgegeben wie eine alte Katze! H a ! Willst du 'was trinken, Martha? Ja, gern, danke, George, das ist lieb von dir. Aber nicht doch, Martha, für dich tu' ich alles. Wirklich, George? Ich für dich auch, George. Wirklich, Martha? Aber natürlich, George, das weißt du doch. Martha, ich hab' dir unrecht getan. Ich hab' dir auch unrecht getan, George. W o s e i d i h r a l l e ? ! ! ! »Das Hausfrauenschänderspiel« ... wie ein Rüde ...!
Darüber bricht sie in schallendes Gelächter aus, fällt in einen Sessel, beruhigt sich und sagt leise mit einem geschlagenen Ausdruck;
Vonwegen ... daß ich nicht lache. *Noch leiser*: Daß ich nicht lache.
Sie spricht wie ein kleines Kind.
Papa? Papa?! Marthalein ist einsam ... um ... *Sie schaut auf eine Uhr*: ... Um ungefähr — was-weiß-ich-wieviel-Uhr-des-jungen-Tages — hat man mich mit meinen Lastern allein gelassen. Papa-Weißmaus, hast du wirklich rote Augen? Wirklich? Zeig' her! Oh, ja, wirklich, wirklich!

Papa, du hast rote Augen. – Weil du immer weinst, stimmt's, Papa? Ja, es stimmt. Du weinst immer-immerzu. Auf drei kommt ihr gefälligst aus euern Mauslöchern 'raus, ihr Armleuchter!!

Pause.

Ich weine auch immer, Papa. Ich weine auch immer-immerzu. Aber nur ganz tief in meinem Innern, damit niemand es hört. Ich weine immerzu. Und George weint auch immerzu. Wir weinen beide immerzu ... Und dann, weißt du, was wir tun? Wir weinen, stellen unsere Tränen in den Eisschrank ...

Sie fängt an zu lachen.

... bis sie zu Eis gefroren sind ...

Sie lacht heftiger.

... und dann ... tun wir sie in unsern Whisky.

Das Lachen wird noch heftiger, mit Weinen vermischt. Dann ernüchternde Stille.

Und wir schütten die gefrorenen Tränen in unsere durstige Seele, die ein trockener Schwamm ist ... und weg sind sie, tot, vergessen. Der Schwamm ist unersättlich, er wird immer größer, wie ein giftiger Pilz ... und eines Tages gehen wir an ihm ein ... das Schänderspiel! Am Pilz eingehen ... *traurig*: Mir sind Augen-Scheiben-Wischer gewachsen in uns'rer Ehe, mein Schatz ...! Martha, aus dir wird noch ein Schlagerkomponist.

Sie schüttelt das Glas in ihrer Hand, in dem sich nur noch ein Eiswürfel befindet.

Kling-Klang!

Sie tut es wieder.

Kling!

Sie kichert und wiederholt es einige Male.

Kling ...! Kling ...! Kling ...! Kling ...!

Nick tritt auf, während Martha mit dem Eiswürfel im Glas klimpert. Er steht im Türbogen zur Halle und beobachtet sie. Schließlich betritt er den Raum.

NICK: Himmelherrgott, du bist auch verrückt geworden.

MARTHA: Kling?

NICK: Ich hab' gesagt, du seist auch verrückt geworden.

MARTHA *überlegt*: Möglich ... schon möglich ...

NICK: Ihr seid alle verrückt. Ich komm' vorhin die Treppe 'runter, und was sehe ich . . .?

MARTHA: Was?

NICK: Meine Frau ist wieder auf'm Klo . . . mit einer Kognakflasche . . . und blinzelt mir zu . . . Sie blinzelt mir zu . . .!

MARTHA: Hat sie das früher nie getan? Hat sie dir früher nie zugeblinzelt? Wie traurig . . .

NICK: Sie liegt wieder auf den Fliesen . . . zusammengerollt wie ein Igel . . . und kratzt die Etikette von der Schnapsflasche . . .

MARTHA: Jetzt kriegen wir das Pfandgeld nicht zurück.

NICK: . . . Ich frag' sie, was sie tut, und sie macht: »Pscht! Es weiß kein Mensch, daß ich hier bin.« Ich laß sie allein, komm' hier ins Zimmer, und da sitz'st du und machst klinge-linge-ling! Es ist nicht zu fassen! Klinge-linge-ling!

MARTHA: Kling!

NICK: Ihr seid ja alle verrückt!

MARTHA: Ja . . . traurig aber wahr.

NICK: Wo ist dein Mann?

MARTHA: Er hat sich in Luft aufgelöst. Puff!

NICK: Ein Tollhaus! Ihr habt alle einen Sparren!

MARTHA *wie ein Schmierenkomödiant*: Oh, weh! Das ist die Flucht vor dieser Wesenlosigkeit der Welt, die allzuschwer auf unsern müden Häuptern lastet.
Wieder mit ihrer normalen Stimme:
Entkrampf dich, laß dich gehen . . .! Du bist um kein Haar besser als wir.

NICK *müde*: Doch, ich bin es.

MARTHA *sie setzt das Glas zum Trinken an*: In gewissen Dingen bist du sogar eine aufgelegte Pleite.

NICK *zuckt zusammen*: Bitte . . .?!

MARTHA *unnötig laut*: In gewissen Dingen, hab' ich gesagt, bist du sogar eine . . .

NICK *ist auch zu laut*: Tut mir leid, wenn du enttäuscht bist!

MARTHA *brüllt*: Hab' ich gesagt, daß ich enttäuscht bin, du Schlappschwanz!

NICK: Probier's 'mal, wenn ich nicht zehn Stunden hintereinander gesoffen hab', vielleicht . . .

MARTHA *brüllt immer noch*: Ich red' ja nicht von deinen Möglichkeiten! Von dem was sein könnte! Ich rede davon, wie jämmerlich du dich angestellt hast!

NICK *leise*: Oh.

MARTHA *leise*: Deine Möglichkeiten sind enorm, hervorragend.

Sie wackelt mit den Augenbrauen.

Absolut hervorragend. So enorme Möglichkeiten sind mir lange nicht untergekommen. Aber, mein Schätzchen, du bist eine Pfeife, ein Versager.

NICK: Bei dir ist jeder ein Versager! Dein Mann ist ein Versager, ich bin ein Versager ...

MARTHA *unterbricht ihn*: Alle seid ihr Versager. Ich bin Mutter Erde, und ihr seid alle Versager!

Mehr oder weniger zu sich selber.

Ich widere mich an. Ich verbringe mein Leben mit törichten, sinnlosen Seitensprüngen ...

Ein klägliches Lachen.

... Möchtegernseitensprüngen. »Das Hausfrauenschänderspiel«! Daß ich nicht lache. Versoffene, impotente Stümper. Martha macht Glubsch-Augen, und die Stümper grinsen sie an ... und werfen ihr aus wildrollenden Stielaugen Blicke zu. Sie grinsen ... und Martha sabbert, und die Stümper saufen sich an der Bar Mut an ... Und mit dem angesoffenen Mut stürzen sie sich auf die alte Martha, die für sie ein Tänzchen macht ... worauf die Stümper sich erhitzen – im Kopf; dann saufen sie sich an der Bar noch mehr Mut an ... – Ihre Frauen und Bräute werfen sich mit hocherhobenen Nasen in die Brust – manchmal gehen sie mit den Nasen fast durch die Zimmerdecke – ... und das veranlaßt die Stümper, an der Bar von neuem aufzutanken. Und Marthalein sitzt da mit dem Rock über'm Kopf ... nach Luft japsend. Du hast ja keine Ahnung, wie einem zumute ist, mit dem Rock über'm Kopf ...: zum Ersticken! Und Marthalein sitzt da und harrt der Stümper, die da kommen wollen. Endlich geht einem von ihnen der Mut hoch ... Aber damit hat es sich dann auch, mein Schatz. Ich geb' zu, hin und wieder ist ein hervorragendes Exemplar drunter. Aber Men-

schenskind, was für Jammerlappen verbergen sich dahinter. Menschenskind!
Heiter.
Aber in einer zivilisierten Gesellschaft kann es wahrscheinlich gar nicht anders sein.
Wieder zu sich selber.
Menschenskind, was für geschniegelte, gestriegelte Schlappschwänze!
Zu Nick, sie ist jetzt ganz ernsthaft.
Es gibt nur einen einzigen Mann in meinem Leben, der mich glücklich gemacht hat. Verstehst du? Nur einen!

NICK: Wer ...? Was-war-er-doch-gleich ...? Der Gärtner mit dem Rasenmäher?

MARTHA: Ach, was, den hab' ich längst vergessen. Wenn ich an ihn denke ... mir ihn und mich als Liebespaar vorstelle ... komm' ich mir vor wie ein Voyeur ...

NICK: Eine Voyeuse ...!

MARTHA: Schulmeister! Was haben Sauereien mit Grammatik zu tun? – Nein, ich meine nicht den Gärtner, ich rede natürlich von George.
Nick antwortet nicht.
Von George ... Von meinem Mann.

NICK *spöttisch*: Willst du mich veralbern?

MARTHA: Ich? Dich?

NICK: Das kann doch nicht dein Ernst sein. Dein Mann?

MARTHA: Ja. Mein Mann.

NICK *als ob er auf einen Witz einginge*: Ich glaub' dir jedes Wort.

MARTHA: Nein, du glaubst es mir nicht.

NICK *macht sich über sie lustig*: Doch, doch, jedes Wort.

MARTHA: Urteilst du immer nur nach dem äußern Schein?

NICK: Jetzt mach' aber einen Punkt.

MARTHA: George, ob du's glaubst oder nicht! George, der irgendwo da draußen im Dunkeln sitzt ... George, der gut ist zu mir, und dem ich das Leben sauer mache ... der mich versteht, den ich zurückstoße ... der mich zum Lachen bringt, das ich unterdrücke ... der mich nachts warmhält, wofür ich ihn blutig beiße ... der unsere Spiele so schnell lernt, wie ich die Spielregeln umstoße ... der mich glücklich machen könnte, was ich nicht sein kann – und doch so gerne möchte. – George und Martha: traurig, traurig, traurig.

NICK *glaubt ihr noch immer nicht. Wie ein Echo*: Traurig.

MARTHA: George, dem ich nie verzeihen werde, daß er bei mir Ruhe zu finden hoffte ... daß er bei meinem Anblick sagte: das ist die Richtige für mich ... Der den scheußlichen, schmerzenden, beleidigenden Fehler begangen hat, mich zu lieben ... und der nun dafür bestraft wird. George und Martha: traurig, traurig, traurig.

NICK *verständnislos, verwirrt*: Traurig.

MARTHA: ... Der alles duldet – was mir unerträglich ist ... der gütig ist – was mich zu Tode quält ... der immer alles versteht – was jedes Verständnisvermögen übersteigt ...

NICK: ... George und Martha: traurig, traurig, traurig.

MARTHA: Eines Tages ... ha! ... eines Nachts ... in irgendeiner stumpfsinnigen, schnapsgeschwängerten Nacht ... gehe ich einmal zu weit Und ich breche dem Mann entweder das Rückgrat, oder ich stoße ihn für immer von mir ... – und das geschieht mir dann recht.

NICK: Der hat schon lange kein Rückgrat mehr.

MARTHA *lacht ihn aus*: Was du nicht sagst?! Guck mal einer an! Mein süßer, kleiner Junge ... du stehst mit Scheuklappen über dein Mikrofon gebeugt ...

NICK: ... Mikroskop ...

MARTHA: ... Ja, mein Schulmeisterlein ...! ... Und du siehst in Wirklichkeit nichts! Du siehst viel ... nur das Wesentliche, das siehst du nicht. Du siehst deine winzigen Tierchen und all den andern Mist unter deinen Glasplättchen, aber was in Wahrheit in der Welt vorgeht, davon hast du keine Ahnung.

NICK: Daß dein Mann längst kein Rückgrat mehr hat, das sehe ich.

MARTHA: Ach, wirklich!?

NICK: Jawohl, das sehe ich.

MARTHA: Du hast keine Ahnung. Und d u willst eines Tages die Welt beherrschen!

NICK: Fang nicht wieder an! Davon hab' ich genug!

MARTHA: Du glaubst, ein Mann hat kein Rückgrat, nur weil er den dummen August spielt ... weil er sich nicht gradehält, hm? Bist du allen Ernstes so einfältig?!

NICK: Ich hab' gesagt, ich hab' genug!

MARTHA: Ach! Der Zuchtbulle schnaubt! Der Stier schäumt vor Wut! Ha, ha, ha, HA!

NICK *leise, verletzt*: Du schlägst zu, wie's kommt! Dir ist jedes Mittel recht, was?!

MARTHA *triumphierend*: Hah!

NICK: Auch Tiefschläge ...!

MARTHA: Hah! Ich bin ein Maschinengewehr: hahahahahahahahahaha!

NICK: Ziellos ... sinnlos ... wenn nur Blut fließt ...

MARTHA: Du armes Arschloch.

NICK: Ganz egal wer's ist ...

Die Glocken über der Eingangstür läuten.

MARTHA: Geh, mach' die Tür auf.

NICK *verblüfft*: Was sagst du?

MARTHA: Geh', mach' die Tür auf, sag' ich. Bist du taub?

NICK *will es noch einmal genau hören*: Du willst ... daß ich ... die Tür öffne?

MARTHA: Ja, mein kleiner Schlappschwanz, mach' die Tür auf. Für irgend was mußt du doch zu gebrauchen sein. Oder bist du auch dafür zu besoffen? Kriegst du den Riegel auch nicht hoch, hm?

NICK: Mußt du immer wieder ...

Die Türglocken läuten wieder.

MARTHA *brüllt*: So geh' doch schon 'ran!

leiser: Du kannst dich hier nützlich machen. Ich engagier' dich als Hausbursch'. Du kannst sofort anfangen.

NICK: Ich bin nicht dein Mädchen für alles, Gnädigste.

MARTHA *aufgekratzt*: Doch, natürlich bist du das! Bist du nicht ehrgeizig, Junge? Bist du vorher in der Küche und im Treppenhaus nur aus wilder, schierer Leidenschaft so hinter mir her gewesen? Oder hast du auch ein wenig an deine Laufbahn gedacht? Dann buckel dich jetzt erst einmal bescheiden als Hausbursch' die ersten Sprossen der Erfolgsleiter empor!

NICK: Du kennst keine Grenzen, hm?

Die Türglocken läuten wieder.

MARTHA *ruhig, fest*: Nein, mein Schätzchen, überhaupt keine. Geh', mach' die Tür auf.

Nick zögert.

Schau, Junge, du hast nun 'mal die Nase 'reingesteckt ... du kannst sie nicht mir nichts dir nichts wieder 'rausziehen wie's dir paßt. Den Zeitpunkt bestimme ich. Vorläufig steckst du erst 'mal drin. So, und jetzt geh', mach' auf.

NICK: Ziellos ... sinnlos ... zügellos ...

MARTHA: Na, na, na, na, na ... Tu' doch einfach, was man dir sagt. Zeig' der guten alten Martha, daß du doch zu etwas taugst, hm? Wie'n braver Junge.

NICK *überlegt, gibt klein bei und geht auf die Tür zu. Die Glocken läuten wieder*: Ich komm' ja schon, Herrgottnochmal!

MARTHA *klatscht in die Hände*: Ha, HA! Großartig, wunderbar! *Singt*: »Schöner Gigolo, armer Gigolo, denke nicht mehr an die Zeiten ...«

NICK: Hör auf!

MARTHA *kichert*: 'tschuldige, Schätzchen. Geh' jetzt, geh' ... mach' die Tür auf.

NICK *hat eine große Wut auf sich selber*: Himmel, Arsch und Zwirn!

Er stößt die Tür auf. Eine Hand, die einen großen Strauß Löwenmäulchen hält, schießt durch die Türöffnung. Eine Weile lang verharrt die Hand in ihrer Stellung. Nick strengt sich an, die Person zu erkennen, die sich hinter dem Strauß verbirgt.

MARTHA: Oh, wie hübsch!

GEORGE *erscheint in der Türöffnung, der Strauß verdeckt sein Gesicht, und spricht in einem häßlichen, quietschenden Falsett*: Flores, Flores para los muertos. Flores.

MARTHA: Ha, ha, ha, HA!

GEORGE *macht einen Schritt ins Zimmer, senkt den Blumenstrauß und erblickt Nick. Mit großer Freude breitet er die Arme aus*: Junge! Bist du zu deinem Geburtstag nach Hause gekommen?! Endlich!

NICK *weicht zurück*: Bleiben Sie mir vom Leib!

MARTHA: Ha, ha, ha, HA! Das ist unser neuer Hausbursch', George.

GEORGE: Wirklich? Ist das nicht unser liebes Jimmy-Kerlchen? Unser Groß-Amerikanischer-Traum?

MARTHA *kichert*: Ich hoffe nicht! Wenn er's ist, hat er sich seiner Mutter gegenüber höchst sonderbar benommen.

GEORGE *fast irre*: Das kann ich mir denken! Alles durcheinander, drunter und drüber, kreuz und quer, hm?
Gespielte Verlegenheit.
Ick ... ick ... brrinkä diesä Blumähn, Marrrtha ... weill ick ... mächte ... weill du sein ... mein ... Ach, hol's der Teufel, das ist mir zu anstrengend.

MARTHA: Stiefmütterchen! Maßliebchen! Stinkdotter! Mein Hochzeitsbukett!

NICK *will weggehen*: Wenn's recht ist, gehe ich ...

MARTHA: Hiergeblieben! Mein Mann will 'was trinken.

NICK: Von mir kriegt er nichts!

GEORGE: Martha, das ist wirklich zuviel verlangt. Schließlich ist er dein Hausbursch', nicht meiner.

NICK: Ich bin ...

MARTHA: ... von Kopf bis Fuß ...

NICK: Kein Hausbursch'!

MARTHA *und* GEORGE *zusammen, sie singen*: »Ich bin von Kopf bis Fuß auf Hausbursch' eingestellt ...«

NICK: Abgrundtief böse ...

GEORGE *beendet grinsend den Satz für Nick*: Kinder ...? Hm? Hab' ich recht? Böse Kinder, die nur auf böse Streiche sinnen ...? Die so tun, als sei das Leben ein Kinderspiel? Haben Sie das sagen wollen?

NICK: Ein kindisches Spiel!

GEORGE: Na, na, na, na! Mach' dir nicht in die Hose, Junge!

MARTHA: Das ist das einzige, was er vielleicht noch kann. Er hat den Tatterich, so hat er sich die Nase begossen.

GEORGE: Ach, der Arme ...!
Gibt Nick den Blumenstrauß. Hier, geben Sie den Blumen auch einen Whisky.

Nick nimmt den Strauß, schaut ihn an und läßt ihn dann zu Boden fallen.

MARTHA *geheuchelter Schreck*: Ooohhh!

GEORGE: Was tun Sie denn ...?! ... mit Marthas Löwenmäulchen ...?!

MARTHA: Sind's Löwenmäulchen?

GEORGE: Ähem. Und ich bin extra hinausgegangen und habe sie beim Mondenschein gepflückt ... für Martha ... und für unseren Wonnepfropfen, der morgen Geburtstag hat.

MARTHA *sachlich*: Der Mond scheint nicht. Ich hab' vom Schlafzimmer aus gesehen, wie er untergegangen ist.

GEORGE *mit geheuchelter Freude*: Vom Schlafzimmer aus?! *Wieder mit normaler Stimme.* Als ich draußen war, schien der Mond.

MARTHA *übergeduldig, sie lacht leicht*: Er konnte nicht scheinen.

GEORGE: Doch. Und er scheint immer noch.

MARTHA: Der Mond scheint nicht. Der Mond ist untergegangen.

GEORGE: Der Mond scheint. Der Mond ist aufgegangen.

MARTHA *versucht, sich zu beherrschen*: Ich fürchte, du irrst dich.

GEORGE *zu fröhlich*: Nein, nein, sicher nicht.

MARTHA *zwischen den Zähnen*: Er scheint nicht, verdammt und zugenäht!

GEORGE: Meine liebe Martha ... ich habe ganz gewiß nicht im Stockfinstern Löwenmäulchen gepflückt, ich tappe nicht gern im Dunkeln – im Treibhaus 'rum.

MARTHA: Du hast es aber getan.

GEORGE: Martha, ich bin nicht der Bock, ich bin der Gärtner. Beim Pflücken dieser Blumen ist mir ein Himmelslicht aufgegangen.

MARTHA *endgültig*: Der Mond scheint nicht. Der Mond ist untergegangen.

GEORGE *überlogisch*: Das ist durchaus möglich, meine kleine Vestalin. Der Mond mag untergegangen sein ... Aber – verhält es sich so – dann ist er eben wieder aufgegangen.

MARTHA: Der Mond geht nicht wieder auf. Wenn der Mond einmal untergegangen ist, dann bleibt's dabei.

GEORGE *wird ein wenig bösartig*: Du verstehst überhaupt nichts. Wenn er untergegangen ist, muß er eben wieder aufgegangen sein.

MARTHA: Scheibenkleister!

GEORGE: Oh, Ignorantia!

MARTHA: Ich bin keine Ignorantin!

GEORGE: Ich dampfte einmal ... ich dampfte einmal an Mallorca vorüber ... und ich trank auf Deck ein Gläschen ... mit einem Journalisten, der dauernd über Roosevelt redete. Und während wir so tranken und redeten, ging der Mond langsam unter. Als er verschwunden war, mußte er es sich anders überlegt haben ... denn: Peng, war er wieder aufgegangen! Ohne lang zu fackeln!

MARTHA: Das ist nicht wahr! Das ist eine faustdicke Lüge!

GEORGE: Du solltest nicht alles eine Lüge nennen, Martha. *Zu Nick*: Hab' ich recht?

NICK: Ich weiß hier wirklich nicht mehr, was gelogen ist und was nicht!

MARTHA: Vollkommen richtig!

GEORGE: Das sollen Sie auch nicht wissen, im Gegenteil.

MARTHA: Auch richtig!

GEORGE: Wie auch immer ...: ich dampfte an Mallorca vorüber ...

MARTHA: Du bist nie in deinem Leben an Mallorca vorübergedampft ...

GEORGE: Martha ...

MARTHA: Du warst nie im Mittelmeer ... in deinem ganzen Leben nicht!

GEORGE: Natürlich war ich ...! Mit Mama und Papa ... Sie schenkten mir die Reise zur Reifeprüfung!

MARTHA: Du bist ja behämmert!

NICK: Nachdem Sie sie umgebracht hatten?

George und Martha drehen sich abrupt zu ihm um. Es entsteht eine kurze, häßliche Pause.

GEORGE *herausfordernd*: Vielleicht.

MARTHA: Und vielleicht auch nicht.

NICK: Himmelherrgott!

George bückt sich plötzlich, nimmt den Blumenstrauß auf, fährt Nick damit wie mit einem Staubwedel im Gesicht herum und tritt dann einen Schritt zurück.

GEORGE: H a h !

NICK: Hol' Sie der Teufel!

GEORGE *zu Nick*: Dichtung und Wahrheit. Wer kennt sich aus, mein Goldjunge, hm?

MARTHA: Du warst nie im Mittelmeer ...! Dichtung und Wahrheit hin oder her!

GEORGE: Wenn ich nie im Mittelmeer war, wie kam ich dann auf die Ägäischen Inseln, hm?

MARTHA: Ü b e r L a n d !

NICK: Jawohl!

GEORGE: Bist du für mich oder gegen mich, Hausbursch'?

NICK: Ich bin kein Hausbursch'!

GEORGE: Paß auf, Junge ...: ich kenn' doch die Spielregeln! Wenn du's auf Marthas Truppenübungsplatz nicht geschafft hast, bist du ein Hausbursch'.

NICK: I c h b i n k e i n H a u s b u r s c h ' !

GEORGE: So? Dann hast du's also geschafft, hm? Ja?

Er atmet schwer, benimmt sich ein wenig irr.

Ja? – Irgend jemand lügt. Irgend jemand hält sich nicht an die Spielregeln. Ja? Also ... wer? Wer lügt? Hm? Wer?

NICK *nach einer Pause, zu Martha, ruhig, aber flehentlich*: Ich bin kein Hausbursch', sagen Sie's ihm.

MARTHA *nach einer Pause, ruhig, den Kopf senkend*: Nein, er ist kein Hausbursch'.

GEORGE *große, traurige Erleichterung*: Es sei.

MARTHA *flehend*: Dichtung und Wahrheit, George, wer kennt sich aus?

GEORGE: Niemand. Aber wir müssen so tun, als ob.

MARTHA: Amen.

GEORGE *schwingt den Blumenstrauß, singt*: »Freut euch des Lebens ...

Nick und Martha lachen gezwungen.

... Weil noch das Lämpchen glüht ...«

NICK *leise, zu Martha*: Danke.

MARTHA: Nicht der Rede wert.

GEORGE *singt*: »... Pflücket die Rose ...«

MARTHA *gereizt*: Hör' auf zu krächzen . . .!

GEORGE *wirft ein Löwenmäulchen nach ihr, singt weiter*: ». . . Eh' sie verblüht«!

MARTHA: Laß das, George!

GEORGE *wirft noch eine Blume, singt weiter*: ». . . Eh' sie verblüht!«

NICK: Sie sollen das lassen.

GEORGE: Halt die Klappe, Zuchtbulle!

NICK: Ich bin kein Zuchtbulle.

GEORGE: Dann bist du ein Hausbursch'. Eins von beiden! Also was, hm? Was bist du? Entweder oder . . .
Wirft Nick eine Blume ins Gesicht, singt:
». . . Pflücket die Rose . . .« du kotz'st mich an!

MARTHA: Tu' doch nicht, als ob's dir 'was ausmacht, George!

GEORGE: Ja, du hast eigentlich recht. So oder so . . . ich hab's hinter mir. *Er wirft eine Blume nach ihr.*

MARTHA: Und schmeiß' mir keine Blumen ins Gesicht!

GEORGE *wirft ihr noch eine Blume ins Gesicht, singt*: ». . . Eh' sie verblüht«!

NICK *zu Martha*: Soll ich machen, daß er aufhört?!

MARTHA: Laß' ihn in Ruhe.

GEORGE: Bist du ein Hausbursch', so heb' auf, was ich fallen lasse. Bist du ein Zuchtbulle, so beschütz' deine Kuh. Entweder oder . . . eins von beiden . . .!

NICK: Himmelherrgott . . .!

MARTHA *fürchtet sich ein wenig*: Dichtung und Wahrheit, George . . . Machst du dir wirklich nichts draus . . . überhaupt nichts?

GEORGE *ohne eine Blume nach ihr zu werfen, singt*: ». . . Pflücket die Rose, eh' sie verblüht!«
Stille.
Genügt dir das als Antwort, mein Schatz?

MARTHA *traurig*: Ja, das genügt mir.

GEORGE: So, und jetzt kneif' den Hintern zusammen, Mädchen, es kommt noch ein Spielchen. Ein Spiel müssen wir noch spielen. Es heißt: »Wie sag' ich's meinem Kinde.«

NICK *mehr oder weniger unterdrückt*: Ach, du lieber Gott . . .!

MARTHA: George ...

GEORGE: Keine Widerrede! *Zu Nick*: ... Du willst doch nicht, daß ich hier einen Wirbel mache, Junge? Du willst doch nicht, daß durch einen Skandal dein ganzer Fahrplan durcheinander gerät, stimmt's? Dann setz dich!

Nick setzt sich. Zu Martha:

Und du, Unschuld vom Lande, schwärmst du nicht für Gesellschaftsspiele ...? Bist du nicht unser guter Spielkamerad ... und gar kein Spielverderber ...?!

MARTHA *ruhig, sie gibt nach*: Schon gut, George, schon gut ...

GEORGE *genießt, daß es ihm gelungen ist, die beiden einzuschüchtern. Er säuselt*: Na, alsooo ... *Er schaut sich um*: Aber wir sind nicht vollzählig.

Er schnippt Nick mit den Fingern einige Male vor der Nase herum.

Du ... he ... du ... dein Weibchen ist nicht hier.

NICK: Sie ... sie hat eine schwere Nacht hinter sich ... sie ist auf'm Klo und ...

GEORGE: Solang wir nicht vollzählig sind, können wir nicht spielen. Das verstößt gegen die Spielregeln. Deine kleine Frau muß her.

Er ruft wie ein Schweinehirt in die Halle hinaus:

Schweinchen! Ferkelchen!

NICK *während Martha aus Nervosität kichert*: Seien Sie still!

GEORGE *wendet sich ihm abrupt zu und steht ihm direkt gegenüber*: Dann lüfte gefälligst deinen faulen Hintern und hol' sie!

Nick rührt sich nicht.

Na, geh, lauf', hol', bring her, braves Hündchen, apporte, geh, hol', bring' Herrchens Weibchen ...

Nick steht auf, will etwas sagen, besinnt sich eines Besseren und geht ab.

Noch ein Spiel.

MARTHA *nach Nicks Abgang*: Ich mag das nicht ... was jetzt kommt.

GEORGE *überraschenderweise ganz zart*: Weißt du, was jetzt kommt?

MARTHA *klein*: Nein. Aber ich mag es trotzdem nicht.

GEORGE: Vielleicht gefällt's dir dann doch, Martha.
MARTHA: Nein, bestimmt nicht.
GEORGE: Du wirst schon deinen Spaß dran haben, Martha.
MARTHA *bittend*: Keine Spiele mehr, bitte.
GEORGE *stiller Triumph*: Nur noch eins, Martha. Nur noch ein Spiel ... und dann gehn wir ins Bettchen. Alle packen ihre Siebensachen und gehen brav nach Hause. Und du und ich, wir klettern zusammen unsere ausgetretenen Stiegen hoch.
MARTHA *den Tränen nahe*: Nicht, George, nicht.
GEORGE *besänftigend*: Doch, mein Schätzchen.
MARTHA: Nein, George, bitte nicht!
GEORGE: Eh' du dich versiehst, ist alles vorbei.
MARTHA: Nein, George.
GEORGE: Keine Stiegen klettern mit Klein-Georgie?
MARTHA *wie ein schläfriges Kind*: Kein Spiel mehr, bitte ... ich will kein Spiel mehr spielen ... Kein Spiel mehr.
GEORGE: Aber, Marthalein ... Du bist doch kein Spielverderber ... Du machst doch mit.
MARTHA: Böse, häßliche Spiele ... häßlich. Und jetzt noch eins ...
GEORGE *streicht ihr übers Haar*: Du wirst einen Riesenspaß dran haben, Schätzchen.
MARTHA: Nein, George.
GEORGE: Ein richtiges Fressen wird das für dich.
MARTHA *macht eine zarte Bewegung, um ihn zu berühren*: Bitte, George, kein Spiel mehr ... ich ...
GEORGE *er schlägt sie heftig auf die Hand*: Rühr' mich nicht an! Faß deinen Gymnasiasten hin!
Martha stößt einen schwachen Angstschrei aus.
Packt sie am Haar und zieht sie am Schopf nach hinten: Paß gut auf, Martha: du hast dir einen lustigen Abend gemacht ... für dich war das eine lustige Nacht. Aber es ist noch nicht zuende, Martha. Du kannst nicht einfach aufhören, weil du plötzlich die Nase voll hast. Es geht weiter, und jetzt bin ich an der Reihe ... und gegen das, was ich jetzt vorhabe, war deine nächtliche Eskapade ein Osterspaziergang. So! Wach auf!
Mit der freien Hand ohrfeigt er sie leicht.

Ich will, daß du mein kleines Spielchen mit offenen Augen mitmachst. Ich will dich geistesgegenwärtig ... schlagfertig will ich dich sehen.

MARTHA *wehrt sich*: Laß mich los!

GEORGE *schlägt sie wieder leicht*: Nimm dich zusammen!

Noch ein Schlag.

Ich will dich kampflustig ... zeig', daß du Haare auf den Zähnen hast ... denn jetzt wirst du »gebeutelt« ...! Ich will, daß du dich wehrst!

Erneuter Schlag. Martha kratzt ihn, er weicht zurück und läßt sie los. Sie steht auf.

MARTHA: Gut, George. Was willst du von mir, George?

GEORGE: Ich will, daß du dich dem Kampf stellst. Ich will einen ebenbürtigen Gegner, mein Schatz, weiter nichts.

MARTHA: Den sollst du haben!

GEORGE: Ich will dich rasen sehen ... vor Wut.

MARTHA: Ich bin rasend!

GEORGE: Nicht genug!

MARTHA: Du wirst dich wundern!

GEORGE: Um so besser, Martha. Unser nächstes Spiel geht auf Leben und Tod.

MARTHA: Deinen Tod!

GEORGE: Täusch' dich nicht! Da kommen die lieben Kinderchen ... Sieh dich vor, Martha.

MARTHA *macht ein paar Schritte, fast wie ein Boxer vor dem Kampf*: Ich bin bereit, George.

Nick und Putzi kommen zurück. Nick stützt Putzi, die sich immer noch an die Kognakflasche und das Glas klammert.

NICK *unglücklich*: Da wären wir.

PUTZI *fröhlich*: Piep, piep, piep, piep ...

NICK: Bist du ein Spatz, mein Schatz?

Sie lacht sehr und setzt sich.

PUTZI: Ich bin ein Spatz, mein Schatz.

GEORGE *zu Putzi*: Und wie geht's unserm Spatz?

PUTZI: Spatz Angst vor der Katz'!

Sie lacht wieder.

NICK *unterdrückt*: Herrgott ...!

GEORGE: Die Katz' macht kratz-kratz ...!

MARTHA: George!

GEORGE *zu Martha*: Katz' wilder Watz?!

Putzi schreit vor Lachen.

NICK: Himmelherrgott ...!

GEORGE *klatscht in die Hände*: So! Los! Letztes Spiel! Setzt euch hin!

Nick setzt sich.

Setz' dich, Martha! M e i n Spiel ist ein manierliches Vergnügen.

MARTHA *ballt die Fäuste, setzt sich*: Fang' endlich an.

GEORGE: Also, Kinderchen, letztes Spiel.

PUTZI *zu George*: Ich hab' mir vorgenommen, mich an nichts zu erinnern, Tag, Liebling.

GEORGE: Hm? Was?

MARTHA: Großer Gott, es wird schon hell draußen ...

PUTZI *wie oben*: Ich erinnere mich an nichts. Und Sie dürfen sich auch nicht erinnern. 'Tagchen, Liebling.

GEORGE: Was ...? Sie ... was?

PUTZI *eine leichte Schärfe macht sich in ihrer Stimme bemerkbar*: Ich hab' es doch gesagt: ... an nichts! 'Tagchen, Liebling.

GEORGE *zu Putzi, auf Nick weisend*: Sie wissen doch, daß Ihr Mann dort sitzt, nicht wahr?

PUTZI *würdevoll*: Natürlich weiß ich das, selbstverständlich.

GEORGE *in Putzis Ohr*: Sind es nur ganz gewisse Dinge, an die Sie sich nicht erinnern können?

PUTZI *sie lacht laut, um ihre Verlegenheit zu verbergen. Dann leise, aber sehr intensiv, zu George*: An die ich mich nicht erinnere! Nicht: nicht erinnern k a n n.

Zu Nick, fröhlich: 'Tagchen, Liebling.

GEORGE *zu Nick*: Geben Sie Ihrem Weibchen doch eine Antwort, Ihrem Spätzchen, zum Donnerwetternocheins!

NICK *leise, verlegen*: Hallo, Putzi.

GEORGE: So ... so, das ist lieb. *Ohne Übergang*: Ich glaube, wir haben alles in allem ... einen sehr netten Abend verbracht ... Wir haben Gesellschaftsspiele gespielt und uns dabei kennengelernt ... wir haben Spaß gehabt ... uns auf'm Fußboden gewälzt, zum Beispiel ...

PUTZI: ... auf den Fliesen ...

GEORGE: ... auf den Fliesen ...: »Pflücket die Rose ...«

PUTZI ... Kratz' die Etikette ab ...

GEORGE: ... Kratz' ... was?

MARTHA: Kratz' die Etikette ab. Die Etikette.

PUTZI *hält entschuldigend die Kognakflasche hoch*: Ich kratze immer die Etiketten ab.

GEORGE: Wir alle ... wir kratzen alle immerzu an der Etikette, mein Schätzchen ... Wir geben keine Ruhe, bis wir die ganze Haut abgekratzt haben, alle drei Schichten ... Und wenn wir auch noch durch die Sehnen und durch die Muskelstränge durch sind ... und durch alle Innereien – *beiseite zu Nick* ... falls noch vorhanden –

Wieder zu Putzi.

... und wenn wir dann auf die Knochen stoßen, ja ... was dann?

PUTZI *tut so, als wolle sie es nicht hören, in Wirklichkeit ist sie aber sehr wißbegierig*: Nein, hören Sie auf!

GEORGE: ... Wenn wir auf die Knochen stoßen, so sind wir noch immer nicht am Ziel. In den Knochen gibt es Mark ... Das Mark in den Knochen: das ist unser Ziel!

Er blickt Martha mit einem merkwürdigen Lächeln an.

PUTZI: Ja, ich verstehe!

GEORGE: Das Mark. Aber Knochen sind widerstandsfähig ... elastisch ... besonders junge. Wenn ich an unsern Sohn denke ...

PUTZI *sonderbar*: An wen?

GEORGE: An unseren Sohn ... an Marthas und meinen Augapfel.

NICK *geht zur Bar*: Darf ich ...?

GEORGE: Natürlich, bedienen Sie sich.

MARTHA: George ...

GEORGE *überfreundlich*: Ja, Martha?

MARTHA: Was hast du vor?

GEORGE: Liebling, ich rede von unserem Sohn.

MARTHA: Lass' ihn aus dem Spiel.

GEORGE: Was sagen Sie zu Martha?! Am Vorabend der Heimkehr unseres Jungen, am Vorabend seines einundzwanzigsten Geburtstages, am Vorabend seiner Großjährigkeit, seiner Mündigkeit ... verbietet mir Martha, über ihn zu reden.

MARTHA: Lass' ihn aus dem Spiel.

GEORGE: Ich will ihn aber nicht aus dem Spiel lassen, Martha! Es ist äußerst wichtig, daß wir über ihn reden. Unser Spätzchen hier, und ihr ... na ja ... ihr »was-auch-immer« dort drüben ... die beiden wissen kaum etwas über unsern Knaben. Als unsere Gäste haben sie ein Recht darauf, alles über ihn zu erfahren.
Er schnippt mit den Fingern Nick zu, der an der Bar steht.
He, Sie! Hallo! Sie spielen doch mit, oder? Mein Spiel: »Wie sag ich's meinem Kinde«, was?

NICK *es gelingt ihm nur mit größter Mühe, höflich zu bleiben*: Reden Sie mit mir?

GEORGE: Sie merken auch alles! *Erklärend:* Sie möchten doch die Geschichte von unserem kleinen Springinsfeld hören, nicht wahr?

NICK *Pause. Dann, kurz angebunden*: Warum auch nicht ...!

GEORGE *zu Putzi*: Und Sie, meine Liebe? Wollen Sie sie nicht auch hören?

PUTZI *heuchelt Unverständnis*: Was für eine Geschichte?

GEORGE: Die Geschichte von unserem Sohn.

PUTZI *nervös*: Ach, Sie haben einen Sohn?
Martha und Nick lachen unsicher.

GEORGE: Und ob wir einen Sohn haben! Wer fängt an, Martha ...? Du oder ich?

MARTHA *mit einem Lächeln, das eher ein Grinsen ist*: Lass' ihn aus dem Spiel, George.

GEORGE: Dann also ich! Ja ...: Unser Sohn ist ein besonders netter Junge. Was ein Wunder ist, wenn man an das Familienleben denkt, dem er ausgesetzt ist. Ich bin sicher, ein anderer Junge wär' an seiner Stelle längst ein schwerer Neurotiker ... bei dem Leben, das ihm seine Mutter vorexerziert: schläft bis vier Uhr nachmittags, ist dauernd hinter dem bedauernswerten Bengel her, drückt die Badezimmertür ein und will noch den Sechzehnjährigen in der Wanne waschen, bringt zu jeder Tages- und Nachtzeit fremde Männer ins Haus ...

MARTHA *steht auf*: Schluß, du ...!

George *geheuchelte Anteilnahme*: Martha?

Martha: Es langt jetzt!

George: Willst du weitermachen?

Putzi *zu Nick*: Wie kann man das Bedürfnis haben, einen Sechzehnjährigen zu waschen?

Nick *setzt sein Glas mit einem Knall auf den Tisch*: Himmelherrgottnocheins, Putzi!

Putzi *flüstert*: Warum? Sag's mir!

George: Weil er ihr kleines Herzblatt ist.

Martha: So!

Mechanisch, als ob sie etwas auswendig hersagen müßte, fast unter Tränen:

Unser Sohn ... –Du willst ihn also nicht aus dem Spiel lassen – Du sollst ihn haben.

George: Willst du 'was trinken, Martha?

Martha *erbarmungswürdig*: Ja ...

Nick *zu Martha, nett*: Sie brauchen es uns nicht zu erzählen, wenn Ihnen nicht danach zumute ist ...

George: Wer sagt das? Haben Sie etwas zu bestimmen?!

Nick *Pause. Mit zusammengepreßten Zähnen*: Nein.

George: Brav. Aus Ihnen kann noch was werden. So, Martha, fang' bitte an mit deinem Vortrag.

Martha *abwesend*: Was sagst du, George?

George *gibt ihr das Stichwort*: »Unser Sohn ...«

Martha: Ja. Unser Sohn. Unser Sohn wurde in einer Septembernacht geboren, einer Nacht ... ähnlich der heutigen ... und es ist kaum zu glauben: morgen ist es einundzwanzig Jahre her ...

George *der Anfang leiser Aparts*: Na, was hab' ich Ihnen gesagt?

Martha: Es war eine leichte Geburt ...

George: Aber, Martha, nein ... du hast dich geplagt ... und wie du dich geplagt hast!

Martha: Es war trotzdem eine leichte Geburt ... nachdem ich mich in das Unvermeidliche gefügt hatte ... mich damit abgefunden hatte ...

George: Das kommt der Wahrheit schon näher ...

Martha: Es war eine leichte Geburt ... schließlich war ich ja jung.

GEORGE: Und ich noch jünger ...
Er lacht leise vor sich hin.

MARTHA: Ich war jung, und er war ein gesundes Kind ... ein rotes, schreiendes Kind, mit stämmigen, glitschigen Gliedern ...

GEORGE: ... Martha bildet sich heute noch ein, sie habe ihn bei der Geburt gesehen ...

MARTHA: ... mit stämmigen, glitschigen Gliedern, mit dichten, seidigen, schwarzen Haaren, die später erblondeten ... ein strahlendes Blond ... wie die Sonne ... Unser Sohn ...

GEORGE: Er war ein gesundes Kind.

MARTHA: Und ich hatte mir s o ein Kind gewünscht ... ich hatte mir so sehr ein Kind gewünscht.

GEORGE *stachelt sie an*: Einen Jungen oder ein Mädchen?

MARTHA: Ein Kind! *Leiser:* Ein Kind. Und ich hatte mein Kind bekommen.

GEORGE: Unser Kind.

MARTHA *mit großer Traurigkeit*: Unser Kind. Und wir zogen es auf ... *Ein kurzes, bitteres Lachen* ... ja, wir zogen es auf ...

GEORGE: Mit Teddybären und einer antiken Kinderbadewanne aus Österreich ... Und ohne Kindermädchen ...

MARTHA: Mit Teddybären und einem Aquarium mit durchsichtigen Goldfischchen, einem hellblauen Bettchen, dessen Rohrgeflecht er schließlich ... als er älter wurde ... dessen Rohrgeflecht er schließlich mit seinen kleinen Händchen kaputt machte ... nachts ... im Schlaf ...

GEORGE: ... in Alpträumen ...

MARTHA: ... im Schlaf. Er war ein nervöses, unruhiges Kind ...

GEORGE *kichert kopfschüttelnd vor sich hin*: ... Du lieber Gott ...

MARTHA: ... im Schlaf, unter dem hellgrünen Baldachin. Einmal war er krank, ein einziges Mal, vier Tage lang ... Ich erinnere mich noch genau an den zischenden, dampfenden Wasserkessel, in dem sich die einzige Lampe im Kinderzimmer spiegelte ... Und ich erinnere mich an die

Stofftiere und an Pfeil und Bogen, die er unter seinem Bettchen aufbewahrte ...

GEORGE: ... Pfeile mit Gummispitzen, die sich an der Wand festsaugten ...

MARTHA: ... die er unter seinem Bettchen aufbewahrte ...

GEORGE: Warum? Warum, Martha?

MARTHA: Aus Angst vor ... aus Angst vor ...

GEORGE: Aus Angst. Einfach aus Angst.

MARTHA *wehrt ihn mit einer schwachen Handbewegung ab und spricht weiter*: Und ... und sonntagabends und samstags gab's belegte Brötchen ...
Frohe Erinnerung.
... und samstags machten wir Bananenschiffchen ... die sahen so aus: wir schälten eine Banane, höhlten sie aus, machten aus einer Doppelreihe grüner Trauben die Mannschaft ... und an beiden Seiten steckten wir mit Zahnstochern Orangenschnitzchen fest ... das waren die Schilder ... zum Schutz der Mannschaft ...

GEORGE: Und als Ruder ...?

MARTHA *unsicher*: Eine ... Karotte?

GEORGE: Oder ein Flaschenöffner, ein Sekt-Quirl ... was grad zur Hand war.

MARTHA: Nein, nein. Eine Karotte. Seine Augen waren grün ... grün ... nur wenn man tief hineinschaute ... ganz tief, entdeckte man bronzene Pünktchen ... rund um die Iris ... Sie waren grün ... seine Augen ...

GEORGE: ... Blau, grün, braun ...

MARTHA: ... und er liebte die Sonne ...! Er war vor allen andern braun, er blieb es auch viel länger ... Und die Sonne bleichte sein Haar ... wie Flachs sah es dann aus ...

GEORGE *echohaft*: ... Flachs ...

MARTHA: Er war ein wunderschöner, wunderschöner Junge.

GEORGE: Absolve, Domine, animas omnium fidelium defunctorum ab omni vinculo delictorum.

MARTHA: ... Dann kam die Schule. Im Sommer die Ferienlager ... Schwimmen ... Rodeln ...

GEORGE: Et gratia tua illis succurente mereantur evadere judicum ultonis.

MARTHA *lacht vor sich hin*: ... Und als er sich den Arm brach ... – er war so komisch ... – oh, es hat ihm furchtbar weh getan ... – aber er war zu komisch ... – Wir spazierten über Land ... und auf einer Wiese sah er die erste Kuh seines Lebens ... die erste Kuh ... Und er lief auf die Wiese ... hin zur Kuh ... dahin, wo sie mit gesenktem Kopf graste ... ganz mit sich selbst beschäftigt ... Und er muhte die Kuh an!

Sie lacht wieder.

Er muhte sie an. Und das Tier, überrascht, hob den Kopf und muhte ihn auch an ... muhte ihn an, wie er da stand mit seinen drei Jahren ... Und er lief ... rannte erschreckt davon ... stolperte, fiel hin ... und brach sich das Ärmchen *Sie lacht wieder* ... der arme Schatz.

GEORGE: Et lucis aeternae beatitudine perfrui.

MARTHA: George weinte! Hilflos ... George ... er weinte. Ich trug den armen Schatz in meinen Armen ... und George schluchzte und schluckte und schnupfte neben mir her, und ich trug das Kind ... nachdem ich eine Schlinge improvisiert hatte ... über Wiesen und Felder.

GEORGE: In Paradisum deducant te Angelis.

MARTHA: Und als er größer wurde ... – oh, er war so gescheit, so klug ... – als er größer wurde ... ging er zwischen uns ...

Sie breitet die Arme aus.

... und gab uns seine Hände ... Halt suchend, Wissen, Zuneigung, Liebe ... Und die Berührung unserer Hände ... seiner und meiner Hand ... war gleichzeitig auch ein gegenseitiger Schutz für uns beide ... ein Schutz vor Georges Schwachheit. Die Berührung unserer Hände gab mir die Kraft, ihn vor dieser Schwachheit zu beschützen ... uns beide zu beschützen.

GEORGE: In memoria aeterna erit justus; ab auditione mala non timebit.

MARTHA: Er war so klug.

NICK *zu George*: Was soll das? Was tun Sie?

GEORGE: Pscht!

PUTZI: Pscht!

NICK *achselzuckend*: Na schön, was geht es mich an ...?

MARTHA: Er war so schön und so klug.

GEORGE *lacht leise*: Jede Wahrheit hat zwei Seiten.

MARTHA: Es ist wahr! Er war schön, klug ... er war ohne Fehl.

GEORGE: Da spricht die wahre Mutter.

PUTZI *unvermittelt, den Tränen nahe*: Ich will ein Kind.

NICK: Putzi ...

PUTZI *beharrlich*: Ich will ein Kind!

GEORGE: Grundsätzlich?

PUTZI *in Tränen aufgelöst*: Ich will ein Kind. Ich will ein Kind.

MARTHA *wartet ab, bis Putzis Ausbruch vorüber ist, ohne auf sie einzugehen*: Natürlich konnte sich seine Vollkommenheit nicht halten ... nicht mit George als Vater.

GEORGE *zu den andern*: Na also, das mußte ja kommen.

PUTZI: Ruhe!

GEORGE *heuchelt Erschrecken*: Verzeihung ... Mutter.

NICK: Können Sie nicht eine Sekunde ruhig sein?

GEORGE *macht das dazugehörige Zeichen zu Nick*: Dominus vobiscum.

MARTHA: Nicht mit George als Vater. Ein Ertrinkender zieht jeden in seiner Nähe mit sich hinab ... Und George tat alles, um uns mit hinabzuziehen. Aber ich wehrte mich ... Gott, ich setzte mich mit aller Kraft zur Wehr.

GEORGE *ein befriedigtes Lachen*: Aaahhh!

MARTHA: Unzulänglichkeit erträgt nicht echte Überlegenheit. Schwachheit, Kleinmütigkeit wehrt sich gegen Kraft, Güte, Unschuld. Und George ließ nichts unversucht ...

GEORGE: Wie? Was tat ich?

MARTHA: Wie? Was du ...? Nein! Nein, er ist ja trotz allem groß geworden ... erwachsen ... unser Sohn. Er ist in der Schule, im College. Es geht ihm gut ... J e t z t geht es ihm gut und alles ist in Ordnung.

GEORGE *macht sich über sie lustig*: Ach, Martha, erzähl' doch weiter!

MARTHA: Nein. Ich bin fertig.

PUTZI *leise*: Ich will auch einen Sohn.

GEORGE: Einen Augenblick! Du kannst nicht mitten in der Geschichte aufhören, mein Schatz. Du hast angefangen, nun mußt du's auch zuende führen!

MARTHA: Nein!

GEORGE: Dann tu ich's eben.

MARTHA: Nein!

GEORGE: Ausgerechnet, wo's interessant wird, macht Martha Schluß. Nur weil jetzt der unangenehme Teil käme ... Ja, Martha ist ein mißverstandenes kleines Mädchen, wirklich. Sie hat nicht nur einen Versager als Ehemann, einen Ehemann-Versager, der wesentlich jünger ist als sie ... – davon ganz abgesehen hat sie auch noch ganz andere Probleme. Zum Beispiel: das Schnapsproblem. Sie kann nie genug kriegen ...

MARTHA *ohne Kraft*: Schluß, George!

GEORGE: ... und zu allem Überfluß ... – das arme, geplagte Mädchen hat auch einen V a t e r, dem es vollkommen wurscht ist, ob sie noch lebt oder nicht, den es einen alten Hut kümmert, was mit seiner einzigen Tochter passiert ... – zu allem Überfluß hat sie auch einen S o h n ...! Ein Sohn, der sich sein Leben lang g e g e n sie gestellt hat, der sich nicht als Waffe gegen seinen Vater mißbrauchen lassen wollte ... der sich nicht gegen mich ausspielen ließ, wenn die Dinge nicht so liefen, wie Martha es verlangte!

MARTHA *steht auf*: Lügen! Lügen!

GEORGE: Lügen? Ein Sohn, der seinen Vater nicht verleugnete, der bei ihm Aufklärung, Rat und Liebe suchte, reine Liebe, nicht krankhafte Affenliebe – du weißt schon, was ich meine, Martha! –, dem das giftspritzende, keifende Wrack, das sich seine Mutter nannte, ein Greuel war! M u t t e r ? H a !

MARTHA *kalt*: Ein Sohn, der sich seines Vaters so schämte, daß er mich eines Tages fragte, ob es vielleicht nicht doch wahr sein könnte, was er gehört hatte – von irgendwelchen Lausebengels wahrscheinlich –: Daß er nicht unser Kind sei. Der es nie überwinden konnte, daß sein Vater auf so schäbige, jämmerliche Weise Schiffbruch erlitten hatte ...

GEORGE: Lügen!

MARTHA: Lügen? Der nie ein Mädchen nach Hause brachte, weil ...

GEORGE: ... weil er sich seiner Mutter schämte ...

Martha: ... seines Vaters! Der nur mir Briefe schreibt!

George: Das glaubst du! Mir schreibt er! An mein Büro adressiert!

Martha: Lügner!

George: Ich besitze ganze Stöße von Briefen!

Martha: Du besitzt keine Briefe!

George: Und du?

Martha: Er besitzt keine Briefe. Ein Sohn ... Ein Sohn, der seine Sommerferien nie zu Hause verbringt ... nie bei seiner Familie ... Unter jedem Vorwand ... weil ihm der Anblick seines Vaters, der sich als Schatten an den Wänden seines Hauses herumdrückt, unerträglich ist ...

George: ... der seine Sommerferien nie zu Hause verbringt – nie, das stimmt! –, der seine Sommerferien nie zu Hause verbringt, weil für ihn in einem Haus voller leerer Flaschen, Lügen, fremder Männer und einer alten Hexe kein Platz ist ...!

Martha: Lügner!

George: Lügner?

Martha: ... Ein Sohn, den ich, so gut ich konnte, aufgezogen habe, allen widerlichen Umständen, allen verderblichen Einflüssen, aller Schwachheit und aller kleinlichen Rachgier zum Trotz!

George: Ein Sohn, der sich im Grunde seines Herzens wünscht, er wäre nie geboren!

Beide gleichzeitig:

Martha: Ich habe unermüdlich, unter Einsatz aller Kräfte, oh, Gott, immerzu versucht ... eines rein und unbeschädigt vor der Gosse dieser Ehe, vor den eklen Nächten, vor den armseligen, stumpfsinnigen Tagen, vor Hohn und Spott und Gelächter ... Gott, das Gelächter ...! vor Mißerfolgen, die immer neue Mißerfolge nach

George: Libera me, Domine, de morte aeterna, in die illa tremenda: Quando coeli movendi sunt et terra: Dum veneris judicare saeculum per ignem. Tremens factus sum ego, at timeo, dum discussio venerit, atque ventura ira. Quando coeli movendi sunt et terra. Dies illa, dies irae, calamitatis et miseriae; dies magna et amara

sich zogen, die immer kränkender und lähmender wirkten, zu bewahren. Eines ... einen Menschen ... habe ich davor zu bewahren versucht ... versucht, ihn aus dem Unrat dieser erniedrigenden, abscheulichen Ehe herauszuhalten ... den einzigen Lichtblick in dieser hoffnungslosen Finsternis: ... unseren Sohn!

valde. Dum veneris judicare saeculum per ignem. Requiem aeternam dona eis Domine, et lux perpetua luceat eis. Libera me Domine de morte aeterna in die illa tremenda: Quando coeli movendi sunt et terra; dum veneris judicare saeculum per ignem.

Sie werden zusammen fertig.

PUTZI *hält sich die Ohren zu*: Aufhören! Aufhören!

GEORGE *macht mit der Hand das Zeichen*: Kyrie eleison. Christe eleison. Kyrie eleison.

PUTZI: Hören Sie auf!

GEORGE: Warum denn, Kindchen? Gefällt's Ihnen nicht?

PUTZI *fast hysterisch*: Sie ... dürfen ... das ... nicht!

GEORGE *frohlockend*: Wer sagt das?!

PUTZI: Ich! ... sage ... das!

GEORGE: Und möchten Sie uns nicht sagen, warum?

PUTZI: Nein!

NICK: Ist das Spiel aus?

PUTZI: Ja! Ja, es ist aus!

GEORGE: Ho-ho! Noch lange nicht. Wir haben noch eine kleine Überraschung für dich, Martha. Es handelt sich um unsern Augapfel ... um unsern Jimmy.

PUTZI *erfolgloser Protest*: Nein, nein, nein.

MARTHA: Schluß, George.

GEORGE: Nein, Martha!

NICK: Lassen Sie sie in Ruhe!

GEORGE: Hier habe ich zu bestimmen!

Zu Martha:

Mein Schatz, ich fürchte, ich habe eine schlimme Nachricht für dich ... für uns natürlich ... eine sehr traurige Nachricht.

Putzi beginnt zu weinen und verbirgt das Gesicht in den Händen.

MARTHA *argwöhnisch, ängstlich*: Was? Was für eine Nachricht?

GEORGE *ach – so geduldig*: Ja, Martha, als du draußen warst ... während ... während ihr beide draußen wart ... ich weiß nicht, wo ... irgendwo müßt ihr ja gewesen sein ... *Er lacht leicht.*
... während ihr beide draußen wart ... da ... da saß ich mit unserem Fräuleinchen hier, und wir plauderten ... über dies und das, wie man halt so plaudert ... und plötzlich klingelten die Türglocken ...

PUTZI *immer noch das Gesicht in den Händen*: ... sie läuteten ...

GEORGE: ... sie läuteten ... Und – es fällt mir schwer, es dir zu sagen, Martha ...

MARTHA *mit einer merkwürdigen, heiseren Stimme*: Sag' es mir.

PUTZI: Sagen Sie's nicht, bitte.

MARTHA: Sag' es.

GEORGE: Es war ... es war ein Telegrafenbote ... ein kleiner Junge ... ungefähr siebzig ...

MARTHA *interessiert*: Der verrückte Willy?

GEORGE: Ja, Martha, der verrückte Willy ... Und er brachte ein Telegramm ... an uns beide adressiert ... und ich muß dir sagen, was drin stand.

MARTHA *abwesend*: Warum haben sie es nicht telefonisch durchgegeben, das tun sie sonst doch immer? Warum haben sie es hergebracht? Warum haben sie es nicht telefonisch durchgegeben?

GEORGE: Es gibt Telegramme, die zugestellt werden müssen, Martha. Es gibt Telegramme, die man nicht telefonisch durchgibt.

MARTHA *steht auf*: Was heißt das?

GEORGE: Martha ... ich weiß nicht, wie ich es sagen soll ...

PUTZI: Sagen Sie es nicht.

GEORGE *zu Putzi*: Wollen Sie es für mich tun?

PUTZI *als ob sie sich gegen den plötzlichen Überfall eines Bienenschwarms zu verteidigen hätte*: Nein, nein, nein, nein ...

GEORGE *seufzt tief*: Ja, dann, Martha ... Martha, ich fürchte, unser Junge kommt zu seinem Geburtstag nicht nach Hause.

MARTHA: Natürlich kommt er.

GEORGE: Nein, Martha.

MARTHA: Doch, er kommt. Wenn ich sage, er kommt, dann kommt er!

GEORGE: Nein ... er ... kann nicht.

MARTHA: Doch, er kommt!

GEORGE: Martha ...

Lange Pause.

... unser Sohn ... ist tot.

Stille.

Er ist ... verunglückt ... am späten Nachmittag ...

Stille. Ein unmerkliches Kichern.

... auf einer Landstraße ... seinen Lernfahrausweis in der Tasche ... er wollte einem Stachelschwein ...

MARTHA *starr vor Entsetzen und rasend vor Wut*: Das ... darfst ... du ... nicht!

GEORGE: ... ausweichen.

MARTHA: Das darfst du nicht!

NICK *leise*: Um Gottes willen.

Putzi schluchzt lauter.

GEORGE *ruhig, leidenschaftslos*: Ich mußte es dir sagen.

NICK: Nein, um Gottes willen, nein.

MARTHA *zittert am ganzen Leib vor grenzenloser Wut und vor Schmerz über den Verlust*: Nein! Nein! Das darfst du nicht! Du kannst nicht machen, was du willst! Ich lasse dich nicht!

GEORGE: Wir müssen ungefähr um zwölf Uhr mittags hier weg ...

MARTHA: Ich lass' dich nicht machen, was du willst!

GEORGE: ... er muß identifiziert werden, und auch sonst gibt es natürlicherweise viel zu erledigen ...

MARTHA *stürzt sich auf George, aber ohne Erfolg*: Das darfst du nicht!

Nick springt auf, packt Martha und hält ihre Arme auf ihrem Rücken fest.

Ich lass' dich nicht machen, was du willst, du Schwein! Lassen Sie mich los!

GEORGE *während Nick sie immer noch hält, direkt in Marthas Gesicht*: Ich glaube, du begreifst nicht, was vorgefallen ist, Martha. Ich habe nichts damit zu tun. Nimm dich jetzt zusammen. Unser Sohn ist tot! Geht dir das nicht in den Kopf?

MARTHA: Du kannst nicht machen, was du willst!

NICK: Gute Frau, bitte!

MARTHA: Lassen Sie mich los!

GEORGE: Hör' zu, Martha. Hör' mir genau zu: wir haben ein Telegramm erhalten: Ein Autounfall, er ist tot. Peng! ... einfach so. Was sagst du jetzt?

MARTHA *ein Schrei, der schließlich in klagendem Stöhnen endet*: Nei-ei-ei-ei-einnn ...

GEORGE *zu Nick*: Lassen Sie sie los.

Martha fällt zu Boden und verharrt in einer hockenden Stellung.

Sie wird sich schon wieder erholen.

MARTHA *erbarmungswürdig*: Nein, nein, er ist nicht tot, er ist nicht tot ...

GEORGE: Er ist tot. Kyrie eleison. Christe eleison. Kyrie eleison.

MARTHA: Das darfst du nicht. Du kannst nicht machen, was du willst.

NICK *beugt sich über sie. Zart*: Er hat nichts getan. Es ist nicht sein Werk. Es steht nicht in seiner Macht ...

PUTZI *aufgeschreckt*: Nicht, Liebling, nicht!

GEORGE: Er hat recht, Martha. Ich bin nicht der liebe Gott. Ich habe nicht Macht über Leben und Tod.

MARTHA: Du darfst ihn nicht töten! Du darfst ihn nicht einfach sterben lassen!

NICK: Liebe, gute ... Frau ...

MARTHA: Du hast kein Recht dazu!

GEORGE: Wir haben ein Telegramm erhalten, Martha.

MARTHA *steht auf. Sie steht ihm direkt gegenüber und schaut ihm in die Augen*: Zeig' es mir! Zeig' mir das Telegramm!

GEORGE *lange Pause. Dann, mit ganz ernstem Gesicht*: Ich habe es verschluckt.

MARTHA *Pause. Dann, ungläubig, fast hysterisch*: Was hast du da gesagt?

GEORGE *kann nur mit größter Anstrengung verhindern, daß er laut herauslacht*: Ich ... habe es ... verschluckt. *Martha starrt ihn lange an und spuckt ihm dann schließlich ins Gesicht.*

GEORGE *lächelnd*: Ist dir jetzt wohler, Martha?

NICK *zu George*: Ihr Benehmen Ihrer Frau gegenüber ist haarsträubend! Finden Sie Ihre geschmacklosen Witze geistreich?!

GEORGE *schnippt unter Putzis Nase mit den Fingern*: Hab ich das Telegramm verschluckt, ja oder nein?

PUTZI *zu Tode erschrocken*: Ja, ja, Sie haben es verschluckt. Ich hab's gesehen ... ich hab' es gesehen ... Sie haben es ganz und gar aufgegessen.

GEORGE: ... Wie ein braver Junge ...

PUTZI: ... Wie ein ... braver Junge. Ja.

MARTHA *zu George, kalt*: Das wird dir nicht gelingen.

GEORGE *plötzlich angewidert*: Du kennst die Spielregeln, Martha! Himmelherrgott, du kennst die Spielregeln!

MARTHA: Nein!

NICK *langsam dämmert ihm der wahre Sachverhalt, er kann es nicht glauben*: Wovon sprechen Sie?

GEORGE: Ich kann ihn jederzeit töten, wenn ich will, Martha.

MARTHA: Er ist unser Kind!

GEORGE: Ja, natürlich. Und du hast ihn unter dem Herzen getragen, und es war eine leichte Geburt ...

MARTHA: Er ist unser Kind!

GEORGE: Und ich hab' ihn getötet!

MARTHA: Nein!

GEORGE: Doch!

Lange Stille.

NICK *sehr leise*: Ich glaube, ich begreife ...

GEORGE *wie Nick*: Wirklich?

NICK *wie oben*: Herr im Himmel, ich glaube, ich begreife ...

GEORGE *wie oben*: Um so besser für Sie.

NICK *mit unvermittelter Heftigkeit*: Herr im Himmel, ich glaube, ich begreife!

GEORGE: Gut ... gut, gut.

MARTHA *grenzenlose Traurigkeit über den Verlust*: Du hast nicht das Recht ... Du hast nicht das geringste Recht ...

GEORGE *zart*: Ich habe das Recht, Martha ... Wir haben nur nie darüber gesprochen. Ich habe das Recht, ihn jederzeit zu töten.

MARTHA: Warum? Warum, um Gottes willen?

GEORGE: Du hast dich nicht an die Spielregeln gehalten. Du hast über ihn geredet ... du hast mit Außenstehenden über ihn geredet.

MARTHA *ihre Augen füllen sich mit Tränen*: Das ist nicht wahr. Nie.

GEORGE: Doch. Du hast über ihn geredet.

MARTHA: Mit ... mit wem? Mit wem?

PUTZI: Mit mir. Mit mir haben Sie über ihn geredet.

MARTHA *weinend*: Ich bin so vergeßlich! Manchmal ... manchmal ... nachts ... spät nachts ... wenn alle durcheinander reden ... vergesse ich mich ... Ich will dann auch reden ... etwas sagen .. über ihn ... aber ... aber ich beherrsche mich ...! Ich beherrsche mich ... obwohl ich reden möchte ... obwohl etwas mich zwingt, zu reden ... immer wieder ... immerzu ...! Oh, George ... du bist zu weit gegangen ... das war nicht nötig ... so nicht ... das war nicht nötig. Ich habe über ihn geredet, ich geb' es zu ... Ist das ein Grund, ihn für immer sterben zu lassen ...? Du hättest ihn nicht ... nicht umbringen müssen.

GEORGE: Requiescat in pace.

PUTZI: Amen.

MARTHA: Du mußtest ihn nicht sterben lassen, George.

GEORGE: Requiem aeternam dona ei, Domine.

PUTZI: Et lux perpetua luceat ei.

MARTHA: Dafür ... bestand keine Notwendigkeit.

Eine große Stille.

GEORGE *leise*: Es ist gleich hell draußen. Ich glaube, die Party ist aus.

NICK *zu George, leise*: Konnten Sie ... konnten Sie keine ... haben?

GEORGE: Wir beide nicht.

MARTHA *aus ihren Worten ist Zusammengehörigkeitsgefühl herauszuhören*: Wir beide nicht.

GEORGE *zu Nick und Putzi*: Geht ins Bett, Kinder. Ihr seid schon viel zu lange auf, es ist höchste Zeit.

NICK *streckt Putzi die Hand hin*: Putzi?

PUTZI *steht auf und geht zu ihm*: Ja.

GEORGE *Martha sitzt jetzt auf dem Fußboden, an eine Sessellehne gelehnt*: Geht jetzt nach Hause.

NICK: Ja.

PUTZI: Ja.

NICK: Ich möchte noch ...

GEORGE: Gute Nacht.

NICK *Pause*: Gute Nacht.

Nick und Putzi gehen ab. George schließt hinter ihnen die Tür. Er schaut sich im Zimmer um, seufzt, nimmt da und dort ein Glas auf und geht zur Bar.

Der ganze Schluß sehr leise, sehr langsam gesprochen.

GEORGE: Möchtest du noch etwas, Martha?

MARTHA *schaut immer noch vor sich hin*: Nein ... nichts.

GEORGE: Ja ...

Pause.

... Zeit zum Schlafen.

MARTHA: Ja.

GEORGE: Bist du müde?

MARTHA: Ja.

GEORGE: Ich auch.

MARTHA: Ja.

GEORGE: Morgen ist Sonntag. Den ganzen Tag.

MARTHA: Ja.

Lange Pause.

Mußtest du ... mußtest du wirklich?

GEORGE *Pause*: Ja.

MARTHA: War es ...? Du mußtest wirklich?

GEORGE *Pause*: Ja.

MARTHA: Ich bin nicht sicher ...

GEORGE: Es war höchste Zeit.

MARTHA: Wirklich?
GEORGE: Ja.
MARTHA *Pause*: Mir ist kalt.
GEORGE: Es ist spät.
MARTHA: Ja.
GEORGE *lange Stille*: Wir kommen drüber weg.
MARTHA *lange Stille*: Ich ... weiß nicht.
GEORGE: Doch. Sicher.
MARTHA: Ich bin nicht so sicher.
GEORGE: Doch. Doch.
MARTHA: Nur wir ... beide?
GEORGE: Ja.
MARTHA: Glaubst du nicht, wir könnten ...
GEORGE: Nein, Martha.
MARTHA: Ja. Nein.
GEORGE: Fühlst du dich besser?
MARTHA: Ja. Nein.
GEORGE *legt ihr ganz zart die Hand auf die Schulter, sie läßt den Kopf darauf sinken, und er singt ganz leise*: »Wer hat Angst vor Virginia Woolf, Virginia Woolf, Virginia Woolf ...«
MARTHA: Ich ... George ...
GEORGE: »... Wer hat Angst vor Virginia Woolf ...«
MARTHA: Ich ... George ... ich ... ich ...
Stille.

Vorhang